Zwei Frauenleben für die Wissenschaft im 18. Jahrhundert.
Eine vergleichende Fallstudie zu
Émilie du Châtelet und Maria Gaetana Agnesi

Abbildung 0.1:
Madame du Gabrielle Émilie Le Tonnelier de Breteuil,
Marquise du Châtelet-Laumont (1706–1749)
Gemälde von Maurice Quentin de La Tour (1704–1788), (Wikipedia)

Nuncius Hamburgensis

Beiträge zur Geschichte der Naturwissenschaften

Band 43

Carlotta Martini

Zwei Frauenleben für die Wissenschaft im 18. Jahrhundert

Eine vergleichende Fallstudie zu Émilie du Châtelet und Maria Gaetana Agnesi

Bearbeitet und herausgegeben
von Gudrun Wolfschmidt

Hamburg: tredition 2017

Nuncius Hamburgensis
Beiträge zur Geschichte der Naturwissenschaften

Hg. von Gudrun Wolfschmidt, Universität Hamburg,
Zentrum für Geschichte der Naturwissenschaft und Technik
(ISSN 1610-6164).

*Diese Reihe „Nuncius Hamburgensis"
wird gefördert von der Hans Schimank-Gedächtnisstiftung.
Dieser Titel wurde inspiriert von „Sidereus Nuncius"
und von „Wandsbeker Bote".*

Carlotta Martini: Zwei Frauenleben für die Wissenschaft im 18. Jahrhundert.
Eine vergleichende Fallstudie zu Émilie du Châtelet und Maria Gaetana Agnesi.
Bearbeitet und herausgegeben von Gudrun Wolfschmidt.
Nuncius Hamburgensis – Beiträge zur Geschichte der Naturwissenschaften,
Band 43. Hamburg: tredition 2017. (ISBN 978-3-7439-6720-5)

*Abbildung auf dem Cover vorne: Madame du Châtelet-Laumont (1706–1749),
Gemälde: Marianne Loir (Wikipedia)*

*Frontispiz: Gabrielle Émilie Le Tonnelier de Breteuil, Marquise du Châtelet,
Gemälde: Maurice Quentin de La Tour (Wikipedia).*

Abbildung auf dem Cover hinten: Maria Gaetana Agnesi (1718–1799), (Wikipedia)

Zentrum für Geschichte der Naturwissenschaft und Technik,
Hamburger Sternwarte, FB Physik, MIN Fakultät, Universität Hamburg
Bundesstraße 55 – Geomatikum, D-20146 Hamburg
http://www.hs.uni-hamburg.de/DE/GNT/w.htm

Dieser Band wurde gefördert von der Schimankstiftung.

Verlag: tredition GmbH, Halenreie 42, D-22359 Hamburg
ISBN 978-3-7439-6720-5 (Paperback) – ©2017 Gudrun Wolfschmidt.
Printed in Germany.

Inhaltsverzeichnis

Vorwort: Zwei Frauenleben für die Wissenschaft

Gudrun Wolfschmidt (Hamburg)

Diese Arbeit präsentiert die Biographien zweier außergewöhnlicher Frauen, die sich im 18. Jahrhundert als Naturwissenschaftlerinnen im Bereich Astronomie, Physik und Mathematik Anerkennung verschafft haben.[1] Einleitend wird die *Wissenschaftliche Revolution* charakterisiert mit den Debatten der Cartesianer, Newtonianer und Leibnizianer im Kontext der Hierarchien von Kirche und Staat.

Im zweiten Kapitel wird Leben und Werk von Émilie du Châtelet (1706–1749) in Paris dargestellt, der Einfluß auf ihre Bildung. Châtelets Übersetzung der *„Philosophiae naturalis principia mathematica"* Newtons war ihr wichtigstes Werk und diese Popularisierung Newtons ebnete den Weg zur Rezeption in Frankreich. Das dritte Kapitel widmet sich dem Leben und Werk von Maria Gaetana Agnesi (1718–1799) in Mailand, u. a. ihrem Wirken bei den „Akademischen Abenden", einschließlich ihrer großen Sprachbegabung. Ferner wird der Weg Agnesis bis zur Wissenschaftlerin auf akademischem Niveau diskutiert sowie die Ernennung zur Professorin an der Universität Bologna und ihren späteren Wandel zur christlichen Wohltäterin.

Es folgen Kapitel zur Erziehung der Töchter der Aristokratie im 18. Jahrhundert, zum Bildungsdiskurs der Aufklärung bzgl. der Natur der Frau (die *„Gelehrte Frau"*) sowie zur Rolle der Akademien und der wissenschaftlichen Salons. Frauen hatten die Möglichkeit, Preisschriften der Akademie der Wissenschaften zu bearbeiten und an der Salon- und Briefkultur teilzunehmen und damit ein wissenschaftliches Netzwerk aufzubauen. Ferner wird Du Châtelets und Agnesis Verhältnis zu zeitgenössischen Wissenschaftlern diskutiert, die Rolle der Männer nicht nur als Geliebter, sondern vielmehr als Helfer bei Anfeindungen und Unterstützer für den Aufstieg, aber auch als ernstzunehmender wissenschaftlicher Diskussionspartner – Rollen, die Voltaire alle bei Émilie du Châtelet hatte. Schließlich wird das Problem thematisiert, daß die Frauen mit *„Weiblicher Bescheidenheit"* gegen ihre „symbolische und strukturelle Diskriminierung" ankämpfen mußten.

In interdisziplinärer Herangehensweise ist hier eine Synthese aus Wissenschaftsgeschichte und Genderforschung gelungen, auch die Einordnung in den Kontext der zeitgenössischen wissenschaftlichen und politischen Entwicklung.

---

1 Für einen Überblick von der Renaissance bis heute siehe Wolfschmidt, Gudrun: „Per aspera ad astra" – Frauen in der Astronomie, 2010.

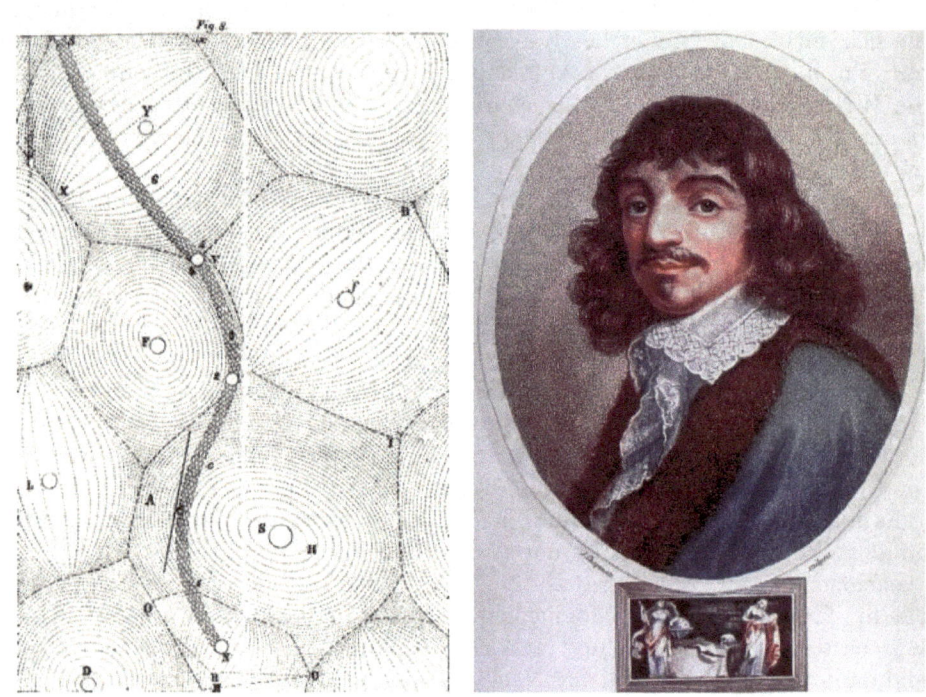

Abbildung 1.1:
Äther-Wirbelmodell von René Descartes (1596–1650)

Descartes, René: Prinzipien der Philosophie, Teil 3:
„Von der sichtbaren Welt" (Wikipedia),
J. Wilkes, 1800 (Wikipedia)

Vorbemerkung

In der vorliegenden Masterarbeit werden die Leben der beiden Wissenschaftlerinnen Émilie du Châtelet (1706–1749) und Maria Gaetana Agnesi (1718–1799) im allgemeinen Kontext der Frauen in den Wissenschaften im 18. Jahrhundert beleuchtet. Ich empfinde es als wichtig, um die besondere Leistung dieser Frauen hervorzuheben, dass aufgeführt wird, welche Möglichkeiten es grundsätzlich für Frauen gab, welche ihnen verwehrt blieben und anschließend, welche Wege es gab, um die Hindernisse, welche Frauen, die wissenschaftlich ambitioniert waren, in den Weg gestellt wurden, zu umgehen.

Es ist die eine Sache, diese – ohne Frage außergewöhnlichen – Biographien jener Frauen vorzustellen. Eine andere ist es, zu untersuchen, was nötig war, sei es Charaktereigenschaft oder persönliche Kontakte, um diesen Weg gehen zu können.

In dieser Arbeit möchte ich der Frage nachgehen, wie es der Französin Émilie du Châtelet und der Italienerin Maria Gaetana Agnesi – in einer Zeit, in der es etwas überaus Außergewöhnliches war, wenn eine Frau *ernsthaft* wissenschaftlich tätig und dabei auch noch angesehen war – geschafft haben, in einer von Männern dominierten Domäne als Wissenschaftlerinnen anerkannt zu werden.

Zu Anfang wird ein Überblick über die Leben der beiden Frauen gegeben und ihre zwei jeweils bedeutendsten Werke näher vorgestellt. Anschließend wird thematisiert, welche Gegebenheiten in du Châtelets und Agnesis Kindheit dazu führten, dass sie sich der Wissenschaft zuwenden konnten. Dem geht ein Überblick über Bildungsmöglichkeiten für Mädchen im historischen Kontext voraus. Hierbei beschränke ich mich auf das Leben im Patriziat und dem Adel, da sowohl Émilie du Châtelet, wie später auch Maria Gaetana Agnesi, Mitglieder des Adels waren, für welchen besondere Regeln galten, die nicht zu vergleichen waren mit denen einer Bürger- oder Bauernfamilie. Ihren Vätern wird für ihren wissenschaftlichen Werdegang eine bedeutende Rolle beigemessen und in den einzelnen Kapiteln zur Kindheit du Châtelets und Agnesis besonders beleuchtet. Um zu klären wie sie zwei der erfolgreichsten Wissenschaftlerinnen des 18. Jahrhunderts werden konnten, ist es notwendig, die wissenschaftlichen Einrichtungen dieser Zeit genauer zu betrachten. Universitäten werden hierbei nur am

Rande beleuchtet. Im Fokus stehen die Akademien und die wissenschaftlichen Salons.

Darauf folgt die Thematisierung der Diskussion über Frauenbildung im 18. Jahrhundert, welche großen Einfluss auf das private und gesellschaftliche Leben einer jeden adligen Frau jener Zeit hatte und somit auch auf die Wissenschaftlerinnen du Châtelet und Agnesi. Die Mehrzahl der Quellen bezieht sich auf Frankreich, doch auch Agnesi betrifft diese Diskussion, deren Teilnehmer, wie beispielsweise Rousseau, über die Landesgrenzen hinaus durch ihre Schriften Einfluss auf die Rolle der Frau in den Wissenschaften hatten. Interessant ist auch du Châtelets und Agnesis eigener Standpunkt zu ihren vollbrachten Leistungen. Der Umgang der Männer mit dem Thema „Gelehrte Frau", wird in den ersten Kapiteln thematisiert, wie Frauen selbst dazu standen, wird in den darauffolgenden deutlich.

Ferner spielen männliche Zeitgenossen eine wichtige Rolle für den Aufstieg zur anerkannten Wissenschaftlerin, auch wenn du Châtelet und Agnesi nicht nur Unterstützung, sondern auch offene Anfeindung und Diskreditierung erfahren haben.

Zusammenfassend gesagt war jede Meinung geprägt von der öffentlichen Diskussion über die Fähigkeit der Frau zu ernsthaftem wissenschaftlichen Arbeiten. Ob es nun befürwortet oder sich dagegen ausgesprochen wurde, in beiden Fällen hat sie die Karrieren dieser beiden Frauen beeinflusst.

1.1 Die wissenschaftliche Revolution

Émilie Du Châtelet und Maria Gaetana Agnesi begannen ihre wissenschaftliche Karriere in einer Zeit, die durch Kontroversen geprägt war, und deren Ursprung in das 17. Jahrhundert zurückreichte. Die wissenschaftliche Revolution nahm ihren Anfang mit der neuen Astronomie des Copernicus (1473–1543), der das geozentrische Weltbild durch ein Universum ersetzte, in dem die Sonne den Mittelpunkt des Weltalls darstellt (heliozentrisches Weltbild).

Gut hundert Jahre später hatte René Descartes (1596–1650) als erster ein vollständig mechanisch funktionierendes Weltall konzipiert, das auf Materie und Bewegung beruhte. Sonne und Sterne waren darin ihrerseits Mittelpunkt kreisender Materie, welche die Planeten in ihren Bahnen hielt (mechanistisches Weltbild – „die Welt als Uhr").

Rund fünfzig Jahre später erreichte die wissenschaftliche Revolution ihren Höhepunkt mit Isaac Newton (1642–1726 jul./1643–1727 greg.), der in seinen *Principia* die Mechanik von Descartes durch mathematische und physikalische Gesetzmäßigkeiten ersetzte. Newtons Gesetze der universellen Anziehungskraft erklärten Bewegungen am Himmel und irdische Phänomene in einem zusammenhängenden und überprüfbaren mathematischen Gesetz.[1]

In der ersten Hälfte des 18. Jahrhunderts, der Zeit des wissenschaftlichen Wirkens von du Châtelet und Agnesi, waren die Debatten über die Grundlagen der Physik, die auf die inkompatiblen Grundmodelle der Gründerväter Descartes, Newton und Leibniz zurückgingen, keineswegs abgeschlossen, sondern noch im vollen Gange. Gab es Übereinstimmungen hinsichtlich des Apparates, wie in der Differential- und Integralrechnung, setzte ein Streit um die Priorität der Entdeckungen und die Interpretation ein.[2]

In den Jahren um 1730 war weder die klare, erst aus späterer Zeit bekannte Trennung von Physik und Metaphysik, noch die Trennung von Metaphysik und Methodologie vollzogen. So kann es nicht verwundern, dass die Terminologie der Akteure in der ersten Hälfte des 18. Jahrhunderts durch die Physik und Metaphysik des 17. Jahrhunderts geprägt war, obwohl die Erkenntnisse, die in dieser Zeit gewonnen wurden, bereits über diesen ursprünglichen Rahmen hinauswiesen. In dieser unübersichtlichen Situation, die durch die Konkurrenz der Cartesianer, Newtonianer und Leibnizianer bestimmt wurde, fällt die Schaffenszeit Émilie du Châtelets in Paris und Maria Gaetana Agnesis in Mailand.[3] Die noch nicht flügge Wissenschaft war ein neues Unternehmen, verstrickt in einen Kampf um Anerkennung innerhalb der bestehenden Hierarchien von Kirche und Staat. Wichtige Fragen über die Natur der neuen Wissenschaft – ihre Ideale, Methoden und eigenen Grenzen – waren zu beantworten. Von entscheidender Bedeutung war auch die Frage, wer überhaupt Wissenschaftler werden konnte. Die neue Wissenschaft begrüßte (zumindest ideologisch) die Mitarbeit von Personen aller sozialen Schichten, Nationalitäten und Religionen.[4]

Galt diese ideologische Großzügigkeit auch für Frauen?

---

1 Denz 1994, S. 15.
2 Suisky 2014, S. 2.
3 Suisky 2014, S. 3.
4 Schiebinger 1996, S. 295.

Abbildung 2.1:
Émilie Le Tonnelier de Breteuil, Marquise du Châtelet (1706–1749)
Gemälde von Marianne Loir (∼1715–1769), (Wikipedia)

Biographie Émilie du Châtelet

Gabrielle-Émilie le Tonnelier du Breteuil du Châtelet wurde am 17. Dezember 1706 in Paris geboren. Sie war das fünfte von sechs Kindern und stammte aus der zweiten Ehe von Louis Nicolas le Tonnelier de Breteuil und Gabrielle Anne de Froulay. Die Familie gehörte seit dem 15. Jahrhundert dem Amtsadel an.[1]

Sie entdeckte bereits in ihrer Kindheit ihre Liebe für die Naturwissenschaften, vor allem für Physik und hatte das Glück, von ihren Eltern in dieser Hinsicht gefördert zu werden.

Seit dem 12. Juni 1725 war sie mit dem 10 Jahre älteren Marquis Florent-Claude du Châtelet-Lomont (†1765), [Graf von Lomont und Seigneur von Cirey] Graf von Lomont und Seigneur von Cirey verheiratet. Während ihrer Ehe gebar sie ihm drei Kinder und nahm auch in anderen Hinsichten ihre Pflichten als Ehefrau sehr ernst.[2] Ihre gesellschaftliche Stellung erlaubte es ihr später, einige der größten Wissenschaftler des Jahrhunderts als Privatlehrer zu gewinnen. Pierre Louis de Maupertuis (1698–1759) und Alexis-Claude Clairaut (1713–1765) unterwiesen sie in Algebra und Newtonscher Physik.[3] Jede Woche lud sie sich für einige Stunden Professoren von der Sorbonne in ihr Haus, um sich von ihnen unterweisen zu lassen.[4]

Émilie du Châtelet besaß einen außergewöhnlichen Charakter: sie war unbekümmert, passioniert, unbeständig, positiv und direkt. Diskretion gehörte nicht zu ihren Stärken und so konnte sie üble Nachrede über sich nicht vermeiden.[5] Sie schreckte auch nicht davor zurück, als die ersten Pariser Caféhäuser entstanden, und zu denen Frauen nur als Kurtisanen Zutritt hatten, sich als Mann verkleidet mit ihrem Freund Maupertius zu treffen, um mit dem Philosophen zu diskutieren. Niemand ließ sich durch ihre Maskerade täuschen, aber man akzeptierte sie, und Émilie du Châtelet konnte auf diese Weise tiefer in

---

1 Kraus 2006, S. 59.
2 Kraus 2006, S. 71.
3 Denz 1994, S. 24.
4 Edwards 1971, S. 41.
5 Osen 1974, S. 54.

die männlichen Wissenschaftskreise eindringen als manche ihrer Geschlechts-
genossinnen im zwanzigsten Jahrhundert.[6]

Abbildung 2.2:
Cirey – Landsitz der Châtelets in Lothringen
(Wikipedia)

1733 wurden Émilie du Châtelet und der bekannteste Autor des 18. Jahrhunderts, François-Marie Arouet Voltaire (1694–1778), ein Paar. Sie richteten sich
in einem heruntergekommenen Landsitz der Châtelets in Lothringen ein, bau-
ten das Haus vollständig um, statteten es mit einer umfangreichen Bibliothek
aus und verwandelten den großen Saal in ein voll ausgerüstetes Laboratorium.
Cirey wurde zu einem Zentrum für Wissenschaftler und Künstler.[7] Durch ihr
Interesse wandte sich ihr und Voltaires Interesse allmählich von der Dichtung
und Schriftstellerei der Newtonschen Physik und Metaphysik zu. Ihr erstes ge-
meinsames Werk war eine populärwissenschaftliche Version von Newtons Theorie. Obwohl Voltaire immer wieder beteuerte, dass Émilie du Châtelet ihn erst
in das Werk von Newton eingeführt habe, wurden die *„Éléments de la philosophie de Newton"* Voltaire zugeschrieben. In der Widmung zur Erstausgabe

6 Denz 1994, S. 24.
7 Ebd., S. 24.

1738 bestätigte Voltaire, dass „Lady Newtons" Beitrag der größere der beiden gewesen sei. Insbesondere die Kapitel über die Lichtlehre (Optik) können heute eindeutig Émilie du Châtelet zugeschrieben werden.[8]

Émilie Du Châtelets Interventionen im europäischen Wissenschaftsdisput wie auch ihre Teilnahme an Ausschreibungen der Akademie der Wissenschaften überschreitet souverän die Grenzen der den Frauen ihres Jahrhunderts zugänglichen Räume. So beteiligt sie sich mit einer *Dissertation sur la nature et la propagation du feu* an einer Ausschreibung der Akademie der Wissenschaften, die allein der Elite der savants vorbehalten war. Den Preis erhält zwar nicht sie, sondern der berühmte Mathematiker Leonhard Euler (1707–1783), jedoch wird ihre Abhandlung gemeinsam mit der Eulers von der Akademie publiziert.[9]

Émilie du Châtelets nächstes Werk, die *Institutiones de physiques*, veröffentlichte sie anonym. Dieses umstrittene Werk war als Lehrbuch zur Einführung in die Newtonsche Physik gedacht, doch bedurfte es nach du Châtelets Meinung einer metaphysischen Erklärungsgrundlage der Newtonschen Theorie. Eine solche fand sie bei Gottfried Wilhelm Leibniz (1646–1716) und seinen *„forces vives"*, der Theorie der beseelten Monaden von Anne Conway (1631–1679).

Émilie du Châtelet gehörte zu den französischen Gelehrten, die gleichzeitig Newton und Leibniz anhingen, ohne darin den geringsten Widerspruch zu sehen und machte sich damit bei der gesamten wissenschaftlichen Gemeinschaft unbeliebt, die in sich hartnäckig einander befehdende Newtonianer und Cartesianer aufgespalten war.[10]

Den Ausschlag wird gegeben haben, dass keine andere Philosophie ihr maßloses Bedürfnis nach Logik und Rationalität befriedigte.

> *„Ich bin überzeugt, dass die Physik nicht einer Metaphysik entbehren kann, auf welche sie sich stützt, und ich habe eine Vorstellung von der Metaphysik von M. de Leibniz vermitteln wollen, von der ich gestehe, dass sie mich als einzige befriedigt hat, wenngleich mir noch manche Zweifel geblieben sind."*[11]

In ihrem Buch verknüpfte sie daher Leibniz' Metaphysik mit den Newtonschen Prinzipien, indem sie die Folgerung aus Newtons System nur auf empirische Probleme beschränkte. Damit gelang ihr eine Synthese der gesamten Wissenschaft und Philosophie des siebzehnten Jahrhunderts.[12]

---

8 Châtelet beurteilt Voltaires *Éléments de la philosophie de Newton* eher kritisch (Brief an Maupertuis vom 09.05.1738. In: Bestermann 1958, S. 224.

9 Bachelard 1987, S. 215.

10 Badinter 1984, S. 218.

11 Brief an Friedrich, 25. April 1740. In: Bestermann 1958.

12 Denz 1994, S. 25.

Es folgen philosophische Betrachtungen über Glück und Illusion und ein Bibelkommentar.[13] Die zweibändige Übersetzung von Newtons *Principia* ins Französische bedeutete jedoch den Höhepunkt im Lebenswerk von Émilie du Châtelet. Man weiß nicht genau, wann sie mit den Arbeiten an den *Principia* begann. Sicher ist nur, dass sie 1745 den größten Teil ihrer Zeit damit verbrachte. In der *Encyclopédie ou Dictionnaire raisonné des Sciences, des Arts et des Métiers*, herausgegeben von Denis Diderot (1713–1784) und Jean Baptiste le Rond d'Alembert (1717–1783), die als grundlegende Inventarisierung aller in der Epoche verfügbaren menschlichen Erkenntnis definiert ist, wird Émilie Du Châtelet neben Thomas Le Seur und François Jacquier genannt.[14] Auf Jacquiers Anregung wird sie 1746 auch in die *Accademia delle Scienze di Bologna* aufgenommen.[15]

1748 begegnete Émilie du Châtelet dem Marquis de Saint-Lambert (1716–1803) und verliebte sich in ihn. Als sie im Alter von 42 Jahren erneut schwanger wurde, rechnete sie nicht damit, die Geburt zu überleben und war entschlossen, ihre Arbeit an der Übersetzung von Newtons *Principia* vor dem Wochenbett zu beenden.[16] Im Frühjahr 1747 war die Übersetzung beendet, die Kommentare standen im Entwurf, und die Drucklegung begann. Émilie du Châtelets Tochter kam am 4. September 1749 zur Welt. Nach Voltaires Version gebar sie das Kind, während sie am Schreibpult saß. Sie soll es auf einen Geometrieband gelegt und der Zofe geklingelt haben. Sie starb zehn Tage nach der Geburt ihres Kindes und ihr Werk wurde erst 1759, zehn Jahre später veröffentlicht.[17]

Man kann sagen, dass das Hauptverdienst von Mme du Châtelet die Übersetzung der *Principia* ins Französische war, und damit ihr Bestreben, die Newtonischen infinitesimalen Überlegungen, die dort in einem elementargeometrischen Kleid vorgetragen wurden, in eine analytische Leibnizsche – Bernoullische Gestalt zu übertragen.[18]

2.1 Einführung in die Physik: *Institutions de physiques*

Mit der Veröffentlichung der *Institutions de physique* im Jahre 1740 wagte Émilie du Châtelet einen epistemologischen Sprung zu einer universellen Wissenschaftsauffassung, welche die theoretische Philosophie von Leibniz mit der

---

13 Wetzel: Newton und Leibniz in Frankreich, 2008, S. 155.
14 Artikel „Newtonianisme". In: Diderot & d'Alembert 1765, Bd. XI, S. 123.
15 Badinter 1984, S. 259.
16 Denz 1994, S. 25.
17 Ayer 1987, S. 92.
18 Jindráková & Folta 2004, S. 156.

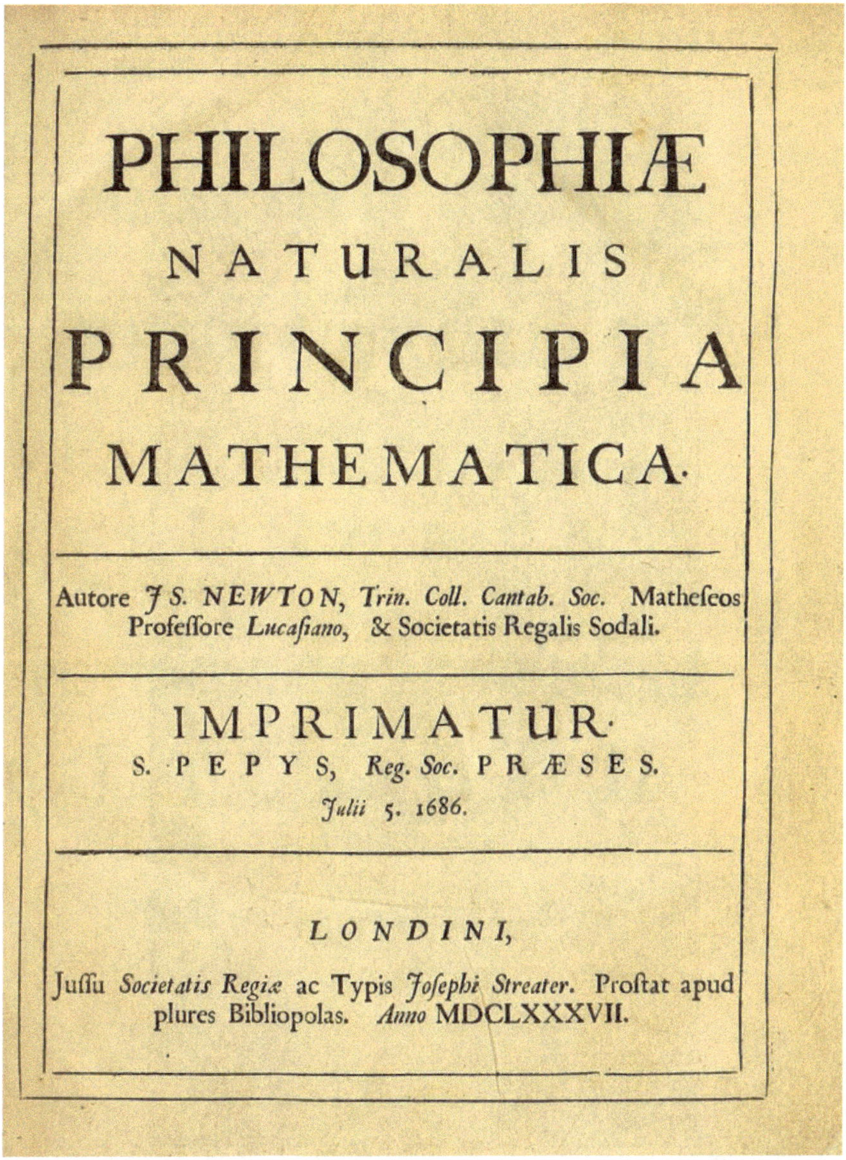

PHILOSOPHIÆ

NATURALIS

PRINCIPIA

MATHEMATICA.

Autore *JS. NEWTON*, *Trin. Coll. Cantab. Soc.* Matheseos
Professore *Lucasiano*, & Societatis Regalis Sodali.

IMPRIMATUR.

S. PEPYS, *Reg. Soc.* PRÆSES.

Julii 5. 1686.

LONDINI,

Jussu *Societatis Regiæ* ac Typis *Josephi Streater*. Prostat apud
plures Bibliopolas. *Anno* MDCLXXXVII.

Abbildung 2.3:
Isaac Newton: *Philosophiae Naturalis Principia Mathematica* (London 1687)
(Wikipedia)

Abbildung 2.4:

Émilie du Châtelet: *Institutiones de physiques* (1740)
(Wikipedia)

Physik Newtons zu verbinden sucht. Madame du Châtelet stellt ihrem physikalischen Lehrbuch zunächst epistemologische Überlegungen über die Prinzipien der Erkenntnis, über die Existenz Gottes, über Essenz, Attribute und Hypothesen voran. Die darauffolgenden Kapitel über Raum und Zeit, über die Elemente und die Beschaffenheit der Materie sowie die Natur und Eigenschaften der Körper werfen dann naturphilosophische Grundfragen auf, die zu diesem Zeitpunkt in ganz Europa debattiert werden.[19] Émilie du Châtelet geht von den metaphysischen Begriffen Leibniz' aus und macht diese nicht nur in Frankreich bekannt, sondern zur methodologischen Grundlage der *Institutions*. Nicht weniger engagiert betreibt du Châtelet die Verbreitung des Lehransatzes Newtons.[20]

Sie betrachtet Newton und Leibniz unter einem gemeinsamen Gesichtspunkt, während Voltaire, d'Alembert, Maupertuis, Condillac und andere Autoren eine unterschiedliche Sicht auf Newton und Leibniz etablieren, die bis in die Gegenwart erhalten geblieben ist. Leibniz wird schon zu dieser Zeit kritisiert, vor allem, in seiner Eigenschaft als Metaphysiker und Theologe. Newton wird zum Vorbild erhoben, vor allem wegen seines *„Taktes als Physiker"*, obwohl er es ebenfalls „nicht verschmähte", sich mit theologischen Fragen zu befassen.[21] Das vorherrschende, von Descartes geprägte kosmologische Denken, hatte die Materie als „inerte", als passiv definiert, und somit eine äußere Einwirkung, einen Gott als ersten Beweger, voraussetzen müssen. Der Kosmos gleicht hiernach einem großen, nach vorgegebenen Gesetzmäßigkeiten ablaufenden mechanischen Uhrwerk. Die von diesem Konzept ausgehende Naturwissenschaft reduziert den ihr zugrundeliegenden Naturbegriff allein auf die quantitativ messbaren Beziehungen zwischen den Naturerscheinungen. Leibniz' Denken umfasst demgegenüber ein Universum der lebendigen Kräfte, in dem die kleinsten Teilchen des Universums als aktive, energetische Einheiten konzipiert werden, deren inhärente Fähigkeiten zur Selbstschöpfung alle Entwicklungen in einem ständig in Veränderung begriffenen Universum bewirken.[22]

Châtelet war der Ansicht, Wissenschaft sei unvollständig ohne Metaphysik; jede Wissenschaft habe eine solche zugrunde gelegt, die nicht nur das Wie der Wissenschaft, sondern auch das *Warum* kläre. Die Frage bestehe nicht darin, was hatte die Geltung eines Gesetzes mit dem Willen Gottes zu tun, sondern darin, wie weit Gesetze rational in ihrer Geltung begründet werden können.[23] Für Émilie du Châtelet können metaphysische Fragestellungen nicht aus dem Universum der Vernunft ausgeschlossen und aus der Wissenschaft ausgegrenzt

---

19 So z. B. *mouvement, possible, impossible, espace, repos.*
20 Suisky 2014, S. 79.
21 Mach 1901, Kap. 4, § 2.
22 Winter 2001, S. 1377–1384.
23 Hagengruber 2006, S. 290.

werden. Dafür akzeptierte sie eine immaterielle – logische oder strukturell – objektive Form der Realität, die neben der physischen existiert. Die Wahrheit der Physik, der Metaphysik und der Geometrie sind miteinander verknüpft, das ist Châtelets Fazit.[24]

Die Châteletsche Übertragung der Leibnizschen Philosophie in den *Institutions de physique* stellt, entgegen den herrschenden Positionen der Zeit, einen zukunftsweisenden Schritt im europäischen Wissenschaftsdiskurs dar und leitet damit eine positive Wende in der Rezeption der Leibnizschen Philosophie innerhalb der Aufklärung ein.[25]

Während in der ersten Hälfte des 18. Jahrhunderts in Frankreich eine kritische Einstellung zu Leibniz' Denken vorherrscht, ist zwischen 1750 und 1770 eine positive Wende in der Beurteilung der Leibnizschen Philosophie zu verzeichnen.[26] Émilie Du Châtelet erkennt den paradigmatischen[27] Bruch im Denken des deutschen Philosophen und sucht das naturphilosophische Denken Leibniz' in den *Institutions physiques* bereits 1740 dem französischen Publikum zu vermitteln. Unmittelbar nach Erscheinen der zweiten Auflage 1743 werden die *Institutions physiques* von einem Mitglied der *Preußischen Akademie der Wissenschaften* ins Deutsche übertragen.[28]

2.2 Die Übersetzung der *Philosophiae naturalis principia mathematica*

Als in England Newtons *Philosophiae naturalis principia mathematica* 1687 veröffentlich wurden, hatte es einen eher kleinen medialen Effekt. Das Werk war sogar für Mathematiker nur sehr schwer verständlich war und die wenigen, die es verstanden, hatten kein großes Interesse daran, es weniger wissenschaftlich qualifizierten Menschen als sie es waren zugänglich zu machen.[29]

Durch Mme Du Châtelets Übersetzung der *Philosophiae naturalis principia mathematica*, – erweitert durch einen hervorragend strukturierten Kommentar und eigene zusätzliche Berechnungen[30] – wird der Original-Text der Newton-

---

24 Ebd., S. 290.
25 Dellian 1988.
26 Barber 1955, S. 170 f.
27 Zur Wissenschaftstheorie und zum Begriff des wissenschaftlichen Paradigmas beziehe ich mich auf Kuhn 1993.
28 *Der Frau Marquisinn von Chastellet Naturlehre an ihren Sohn*, aus dem Französischen übersetzt von Wolf Balthasar von Steinwehr. Halle, Leipzig 1743.
29 Osen 1974, S. 58.
30 Die Berechnungen wurden nachträglich von dem namhaften Mathematiker Clairaut überprüft.

schen Naturtheorien dem gelehrten Publikum in Frankreich zugänglich, eine Leistung, die ihr in hohem Maße die Anerkennung der Gelehrtenrepublik einträgt.[31]

Heutzutage kann man sich die immense Rolle nicht mehr vorstellen, die Personen in der wissenschaftlichen Revolution spielten, die das neue Wissen popularisierten und breiten Kreisen zugänglich machten. Doch im 18. Jahrhundert war allein schon die Übersetzung einer wissenschaftlichen Veröffentlichung in die jeweilige Landessprache ausschlaggebend dafür, ob eine neue Theorie breite Akzeptanz fand oder nicht.[32] So verstand Émilie du Châtelet ihre Übersetzung der Newtonschen *Philosophiae naturalis principia mathematica* und ihren der Übersetzung hinzugefügten Kommentar als eigenständigen Beitrag zur Durchsetzung des neuen wissenschaftlichen Paradigmas. In der zeitgenössischen Übersetzungsdebatte wurde ihre Übersetzung zur zentralen Referenz.[33]

In einem der zentralen Enzyklopädie-Artikel, jenem zum „*Newtonianisme*", wird ihre Übersetzung der *Principia* als eine der bedeutendsten Arbeiten zu Newton benannt Dies lässt die Anerkennung von Mme Du Châtelets Publikationen durch die Gelehrtenrepublik erkennen.[34]

Châtelets Übersetzung dieses grundlegenden mathematisch-physikalischen und naturphilosophischen Diskurses ist auch umso höher zu bewerten, als die neuen Grundlagen physikalischen Denkens und die Newtonschen Berechnungen, die in England als ein überragender Triumph der menschlichen Erkenntnis gefeiert wurden, in Frankreich selbst in den dreißiger Jahren des 18. Jahrhunderts noch heftig umstritten waren. Gegenüber Descartes' physikalischem Weltbild und dessen „Tourbillons"-Theorien (Wirbeltheorien) von der französischen *Académie des sciences* unter Führung Fontenelles wurden sie noch lange Zeit dezidiert abgelehnt.[35]

Mit ihrer Übertragung der Newtonschen und Leibnizschen Philosophien in die französische Sprache vermittelt Émilie du Châtelet innerhalb der europäischen *République des savants* über die nationalen Grenzen hinaus. Diese zwei grundlegenden wissenschaftlichen und philosophischen Paradigmenwechsel des Jahrhunderts und ihre Übersetzungen stellten über zweihundert Jahre hinweg den einzigen Zugang zu den wissenschaftstheoretisch grundlegenden Newtonschen *Principia* in französischer Sprache dar.[36]

---

31 Winter 2007, S. 293.
32 Denz 1994, S. 15.
33 Wehinger 2008, S. 13.
34 Winter 2007, S. 295.
35 Winter 2008, S. 21.
36 Ebd., S. 20.

Abbildung 3.1:
Maria Gaetana Agnesi (1718–1799),
Büste unter den Arkaden im Hof des Palastes Brera in Mailand

Foto: Giovanni Dall'Orto, 1. Oktober 2011 (Wikipedia)

Biographie Maria Gaetana Agnesi (1718–1799)

Maria Gaetana Agnesi wurde am 16. Mai 1718 in eine wohlhabende Mailänder Familie hineingeboren. Ihre Mutter, Anna Fortunata geb. Brivio, starb am 13. März 1732 nach der Geburt ihres achten Kindes. Ihr Vater Pietro Agnesi, ein Mathematikprofessor der Universität Pavia, heiratete daraufhin erneut und Maria wurde das älteste von insgesamt 21 Kindern.[1] Da Marias Eltern beide aus reichen mailändischen Handelsfamilien stammten, konnte sich ihr Vater den Lebensstil eines kultivierten Edelmannes leisten.[2]

Marias intellektuellen Fähigkeiten – vor allem ihr herausragendes Gedächtnis – wurden früh entdeckt. Sie wurde in verschiedenen Sprachen unterrichtet und im Alter von 9 Jahren das erste Mal von ihrem Vater bei einem seiner „Akademischen Abende" vorgeführt. Ihre Schwester Maria Teresa (1720–1795) war musikalisch außerordentlich talentiert, so dass ihr Vater sie ebenfalls förderte. Seine Akademischen Abende, an denen Maria Agnesi mit den Gästen über Philosophie und Wissenschaften diskutierte und ihre Schwester die selbigen mit ihrem Harfenspiel unterhielt, wurden in zahlreichen Berichten von Italienreisenden erwähnt, die davon zeugen, dass die Schwestern darin sehr erfolgreich waren und diese Abende geradezu berühmt wurden in Mailand.[3]

Während man bei den meisten *Conversazioni* der Adelshäuser spielte, Poesie las und informelle Konversation betrieb, war das, was Pietro rund um seine talentierte Tochter aufgebaut hatte, von ernsthafterer akademischer Form. Die *soirées* im Palazzo Agnesi waren sorgsam Inszenierungen mit ihr als Mittelpunkt, die typischerweise eröffnet und beendet wurden durch die virtuosen Auftritte ihrer Schwester, die später eine bekannte Cembalospielerin und Komponistin wurde.[4] Dazu wurden hochrangige Persönlichkeiten des öffentlichen und kulturellen Lebens aus Mailand und Umgebung, so wie sich in der Stadt aufhal-

---

1 Osen 1974, S. 40.
2 Kennedy 1987, S. 1.
3 Ceranski 2000, S. 292.
4 Mazzotti 2007, S. 251.

tende ausländische Wissenschaftler eingeladen. Maria schienen diese Abendge-
sellschaften zu belasten, sie war von eher schüchterner Natur und sie beklagt,
dass nicht die Diskussionen, sondern das Spektakel im Vordergrund stand. Ihr
Missfallen darüber deutet Agnesi gegenüber dem bekanntesten französischen
Italienreisenden des 18. Jahrhunderts, Charles de Brosses (1709–1777) an, der
berichtet:

> *„Dass sie sehr erbost war, dass dieser Besuch in die Form einer*
> *These gegangen ist: Sie mochte es überhaupt nicht über ähnliche*
> *Dinge in Gesellschaft zu sprechen oder für eine einzige Person, die*
> *sich darüber amüsierte und dafür 20 andere gelangweilt waren. Die-*
> *ses war nur gut zwischen 2–3 Leuten mit denselben Vorlieben."*[5]

Nichtsdestotrotz konnte Agnesi auf diese Art und Weise ihre intellektuelle Bildung vervollständigen und sich auch fundierte Kenntnisse in Mathematik, Naturphilosophie und Metaphysik aneignen.[6]

De Brosses besuchte ihr Elternhaus am 16. Juli 1739 und berichtet darüber
wie folgt:

> *„Sie diskutierte mit Graf Belloni in lateinischer Sprache über den*
> *Ursprung von Fontänen und über den Grund von Ebbe und Flut.*
> *Ich habe dieses Thema nie zufriedenstellender abhandeln hören.*
> *Dann disputierten wir über Fortpflanzung und Brechungsfarben des*
> *Lichts. Lopping diskutierte mit ihr über durchsichtige Körper und*
> *kurvenförmige Figuren der Geometrie. Jeder redete mit ihr in sei-*
> *ner Muttersprache und sie antwortete jeweils in derselben Sprache.*
> *Ihre Sprachkenntnisse sind phänomenal."*[7]

Die Schilderungen von Agnesis Erörterungen auf diesen wissenschaftlich-kul-
turellen Zusammenkünften[8] erwecken den Eindruck, sie improvisiere ihren gesamten Vortrag. Dagegen steht fest, dass Agnesi sowohl formal als auch inhaltlich auf die Dispute mit den Gelehrten bestens vorbereitet war. Im *Repertorio*

---

5 *„Qu'elle était tres-fâchée que cette visite eût ainsi pris la forme d'une these: Qu'elle aimait*
   point du tout parler de pareilles choses en compagnie, ou, pour une personne qui en était
   amusée, vingt en étaient ennuyées, et que cela n'était bon qu'entre deux ou trois personnes
   de même goût." Brief de Brosses an Bouhier 17.07.1739. In: Brosses, Charles de: Lettres
   familières su l'Italie. Publiés par Yvonne Bezard. Paris 1931 (Brief an Jean Bouhier vom
   17. Juli 1739). Ich zitiere in Anlehnung an: Des Präsidenten de Brosses vertrauliche Briefe
   aus Italien an seine Freunde in Dijon 1739–1740. Übersetzt von Werner Schwartzkopf.
   Bd. 1, München 1918, S. 146.
6 Klens 1994, S. 9.
7 Brosses 1931 – Schwartzkopf 1918, S. 92–94.
8 Göttingische Zeitungen von gelehrten Sachen: auf das Jahr MDCCXL, 1740, S. 75.

di diverse Tesi sostenute da Donna M. G. Agnesi in diverse Accademie tenute nella propria casa finden sich in einer Diskussion häufig gebrauchte Floskeln oder Redewendungen, mit denen man Einwänden zu den vorgetragenen Thesen begegnen kann. Ein Vergleich der Themen, über die sie öffentlich spricht, mit den Themen, die in den Manuskripten ausführlich behandelt werden, zeigt eine weitgehende Übereinstimmung.[9]

Wie unglücklich sie mit der Vorführung als „Wunderkind" war, wird 1740 besonders deutlich als sie den Wunsch äußerte, in ein Augustinerkloster eintreten zu dürfen. Diese Bestrebung konnte sie zwar gegen den Willen des Vaters nicht durchsetzen, jedoch konnte sie sich zunehmend vom gesellschaftlichen Leben zurückziehen, nachdem sie ihrem Vater das Versprechen abnahm, dass sie sich in Zukunft unauffällig kleiden, und in die Kirche gehen durfte wann immer sie wollte, nicht mehr an Bällen, Theateraufführungen und ähnlichem teilnehmen musste, und sich im staatlichen Krankenhaus von Mailand um hilfsbedürftige Frauen kümmern dürfte. Dafür versprach sie ihrem Vater, dass sie nicht aufhören würde, ihre Studien zu betreiben und zu publizieren. Jedoch wollte sie mit dem Studium der Naturphilosophie aufhören und sich mehr dem Studium der Mathematik zuwenden.[10] Dies war in vielerlei Hinsicht eine unerklärliche Wahl. Während die Themen der Naturwissenschaft Stoff für eine lebhafte Konversation ergaben, war es viel weniger klar, dass dieses auch mit Mathematik geschehen könnte. Tatsächlich hatte Francesco Algarottis (1712–1764) Bestseller *Newtonism for ladies* (1737) ausdrücklich Mathematik von einer vornehmen Konversation verbannt. Daher ist es nicht verwunderlich, dass ihre Tutoren sie von dieser Wahl abbringen wollten, dies jedoch vergeblich.[11]

Neben ihren Studien war sie am Krankenhaus *Ospedale Maggiore* ehrenamtlich tätig und gründete, sehr zum Missfallen ihres Vaters, ein kleines Pflegeheim in einem Bereich des Palazzos Agnesi, in welchem sie arme und pflegebedürftige Frauen willkommen hieß. Des Weiteren unterrichtete sie Kinder im Lesen und Rechnen in Sonntagsschulen ihrer Nachbarschaft. Hin und wieder kamen auch Analphabetinnen dazu.[12] Nach dem Tod ihrer Mutter, musste sie sich als älteste Tochter zusätzlich noch der Erziehung ihrer Brüder und dem Führen des enormen Haushalts widmen.[13]

Aus den Diskussionen mit Gelehrten im Salon Agnesi ging jedoch zuvor ihre mit zwanzig Jahren publizierte Schrift *Propositiones philosophicae* hervor. Sie

---

9 Klens 1994, S. 142.
10 Vier Schwestern von Maria Gaetana wurde jedoch vom Vater erlaubt, ins Kloster eintreten zu dürfen. Vgl. Mazzotti 2015, S. 147.
11 Mazzotti 2007, S. 156.
12 Ebd., S. 156.
13 Alic 1988, S. 155.

enthält 191 Thesen, die Maria Agnesi in Streitgesprächen mit gelehrten Zeitgenossen verteidigt hatte.[14] Auf den Einfluss ihres berühmten Lehrers Ramiro Rampinelli (1697–1759) – ein Mönch, der in Rom und Bologna Professor für Mathematik gewesen und ein Wegbereiter der Analysis in Italien war – ist es wahrscheinlich zurückzuführen, dass sie anschließend beschloss, ein komplettes Lehrbuch der *Analysis des Endlichen und Unendlichen* auszuarbeiten. Unter seiner Anleitung und im Selbststudium studierte sie vor allem – neben theologischen Schriften – die damals „neue Mathematik", die Infinitesimalrechnung, und sie verfasste einen Kommentar zu einem der ersten Lehrbücher auf diesem Gebiet, dem *Traité analytique des sections coniques* des Marquis de l'Hôpital (1661–1704), der allerdings nicht veröffentlicht wurde.[15]

1748 erschien dieses Werk, durch das sie als Mathematikerin weithin bekannt wurde: die zweibändigen, über 1000 Seiten starken *Instituzioni analitiche ad Uso della Gioventù Italiana* (Lehrbuch der Analysis für die italienische Jugend). Während deren Entstehung stand sie in Kontakt mit den hervorragendsten Mathematikern ihrer Zeit in Italien. Ihre Arbeit wurde mit Beifall und Begeisterung aufgenommen und in zahlreichen Zeitschriften erschienen lobende Besprechungen, darunter in den *Acta Eruditorium* vom Oktober 1750, und eine sehr schmeichelhafte Stellungnahme der Pariser Akademie der Wissenschaften.[16] 1775 wurde der zweite Band, in dem die eigentliche Infinitesimalrechnung behandelt wird, ins Französische übersetzt;[17] 1801 erschien eine englische Übersetzung.[18]

Das Buch war Maria Theresia (1717–1780), der Kaiserin und Königin von Ungarn und Böhmen und Herrscherin über Mailand, gewidmet, die sich mit einem kostbaren Geschenk in Form eines Rings dafür bedankte. Maria Agnesi wäre sicher in die Pariser Akademie der Wissenschaften berufen worden, wenn es die Statuten zugelassen hätten, eine Frau aufzunehmen. Die *Akademie von Bologna* verweigerte ihr diese Anerkennung nicht und machte sie 1748 zum Mitglied.[19]

Bologna gehörte damals zum Kirchenstaat, und ihre Aufnahme in die Akademie erfolgte auf die direkte Veranlassung des Papstes Benedikt XIV., dem sie ein Exemplar des Buches geschickt hatte. Benedikt XIV. verlieh dem wissenschaftlichen Leben im Kirchenstaat in seiner Amtszeit wichtige Impulse und

---

14 Mehr dazu im Abschnitt 3.1 Erste Veröffentlichung: Propositiones philosophicae, S. 29.
15 Kleinert 1990, S. 75.
16 Klens 1994, S. 9.
17 *Traités élémentaires de calcul différentiel et de calcul intégral.* Paris 1775.
18 *Analytical institutions in four books.* London 1801.
19 Kleinert 1990, S. 75.

ist als eine Schlüsselfigur der katholischen Aufklärung zu bezeichnen.[20] Kurz nach ihrer Aufnahme in der Akademie ernannte die Universität von Bologna sie zur „Lektorin ehrenhalber" (*lectrix honoraria*), und 1750 berief sie Benedikt XIV. aufgrund ihrer Verdienste um die Infinitesimalrechnung zur Professorin an der Universität von Bologna, wo sie den Lehrstuhl für Mathematik und Naturphilosophie besetzen sollte.[21]

Ob sie diese Professur antrat ist, in der Forschung umstritten. Sie bekam viel Zuspruch von ihren Zeitgenossen, unter anderem von der bekannten Physikerin Laura Bassi (1711–1778), die bereits einen Lehrstuhl an der Universität innehatte.[22] Eine Vielzahl von Historikern schreibt, dass sie den Lehrstuhl für Mathematik und Naturphilosophie in der Zeit von 1750 bis 1752 besetzte, andere sagen, dass sie die Professur ablehnte. Wahrscheinlich ist, dass sie bis zum Tod ihres Vaters an der Universität lehrte, dann jedoch ihre mathematische Karriere abbrach und anschließend ihr restliches Leben sozial-karikativen Tätigkeiten widmete.[23]

Diese Entscheidung traf sie vermutlich nicht nur aus religiösen Gründen, sondern auch wegen ihres Status als Wissenschaftlerin in einer Gesellschaft, in der sie sich stets als Ausnahmeerscheinung zu exponieren und zu rechtfertigen hatte.[24]

Dass Maria Agnesi spätestens zu diesem Zeitpunkt nicht mehr wissenschaftlich tätig war, machte 1762 ihre Antwort auf einen Brief der Universität von Turin deutlich, der sie nach ihrer Meinung zu Lagranges neustem Artikel zur Variationsrechnung fragte. Sie antwortete in ihrem Schreiben, sie befasse sich nicht mehr mit diesen Dingen.[25]

Sie blieb in Mailand und widmete sich zunächst der Erziehung ihrer jüngeren Geschwister. Nachdem dies nicht mehr von Nöten war, betätigte sie sich bis zu ihrem Lebensende als christliche Wohltäterin. Sie las christliche Literatur, verfasste selbst religiöse Schriften – die nur als Manuskripte erhalten sind – und kümmerte sich um kranke und mittellose Frauen in Mailand, für die sie ein Hospiz gründete. Für ihre Schützlinge opferte sie ihr gesamtes Vermögen, selbst den kostbaren Ring, den sie von Maria Theresia erhalten hatte. Sie geriet als Mathematikerin nicht in Vergessenheit, hatte sich aber endgültig von der Wissenschaft abgewandt. Sie starb 1799 in Mailand.[26] An ihrem hundertsten

20 Lehner 2016, S. 97 f.
21 Osen 1974, S. 46.
22 Ebd., S. 46.
23 Ceranski 2000, S. 292.
24 Klens 1994, S. 9.
25 Osen 1974, S. 47.
26 Kleinert 1990, S. 76.

Abbildung 3.2:
Portrait der Physikerin Laura Bassi (1711–1778), Universität Bologna
Carlo Vandi (Wikipedia)

Todestag wurde an Maria Agnesi erinnert, indem in Mailand, Monza und Masciago Straßen nach ihr benannt wurden. Des Weiteren tragen eine Schule sowie ein Stipendium für mittelose Mädchen ihren Namen.[27]

3.1 Erste Veröffentlichung: Propositiones philosophicae

Die aus 191 Thesen bestehenden *Propositiones philosophicae* umfassen einen erkenntnistheoretischen und einen naturphilosophischen Teil, der sich über die ganze damalige Naturwissenschaft erstreckt. Er ist in allgemeine (vor allem Mechanik, auch Wärmelehre, Akustik, Optik) und besondere Physik (Astronomie, Meteorologie, Geologie, Chemie, Biologie, Physiologie) unterteilt. In dieser Gliederung kommt Agnesis Absicht zum Ausdruck, alle sinnlichen Phänomene aus den primären Qualitäten Ausdehnung und Kraft abzuleiten.[28] Agnesi ordnet sowohl Chemie als auch Biologie der Mechanik unter, die sie auf den fundamentalen Newtonschen Axiomen und Definitionen aufbaut. Alle physikalischen und astronomischen Untersuchungen Agnesis, die den breitesten Raum in den *Propositione philosophicae* einnehmen, basieren auf der Grundlage dieser rationalen Mechanik. Trotzdem hat sie aber kein blindes, sondern nur begrenztes Vertrauen in den mechanistischen Ansatz. Sie lehnt es z.B. ab, das Tier auf eine seelenlose Maschine zu reduzieren.[29]

Die *Propositiones philosophicae* erlauben einen Einblick in die Art von Naturwissenschaft in der Agnesi geschult wurde, und man bekommt einige Hinweise auf Agnesis eigene Auffassung von wichtigen philosophischen Themen. Diese philosophischen Aussagen sind eine Mischung, scholastischer, cartesianischer und newtonianischer Ideen, die tatsächlich ein Teil der wissenschaftlichen Kultur des frühen 18. Jahrhundert in Kontinental-europa waren.[30]

Agnesi erweist sich in ihrer Vorgehensweise als aufgeklärte Denkerin in doppeltem Sinne. Zunächst verfährt sie bei ihrer Suche nach wahren philosophischen Lehrsätzen nicht monologisch, sondern stellt ihre argumentativ untermauerten Ansichten zur Diskussion, um in diesem Diskurs vorgebrachte berechtigte Einwände zu berücksichtigen. Sie wendet sich gegen dogmatische Einseitigkeit, denn es kommt ihr darauf an, verschiedene philosophische Lehrmeinungen mit Verstand oder Erfahrung zu überprüfen und sie nur dann gelten zu lassen, wenn sie dieser kritischen Untersuchung standhalten.[31]

---

27 Osen 1974, S. 48.
28 Mazzotti 2007, S. 158.
29 Klens 1994, S. 174.
30 Mazzotti 2007, S. 155.
31 Klens 1994, S. 145.

Im Sinne der Aufklärung verlangte Agnesi Begründungen für mit einem Wahrheitsanspruch auftretendes Wissen. Auch die Grundbegriffe und Methoden der Naturwissenschaft müssen ihrer Meinung nach daher erkenntnistheoretisch reflektiert werden. Aus diesem Grunde verbindet sie die Newtonsche Physik mit der Metaphysik Malebranches. Insbesondere übernimmt sie die okkasionalistische Annahme, Gott sei unmittelbar die Ursache allen Naturgeschehens. Doch ihr Rückgriff auf Gott, durch den sie vermeintlich noch am Begründungsanspruch der Aufklärung festhält, stellt faktisch einen Verzicht auf rationale Fundierung der Physik dar. Indem auch die Naturgesetze vom Willen Gottes abhängig gemacht werden, gewinnt die Erfahrung im Erkenntnisprozess an Bedeutung, bis sie zuletzt als einziger ausschlaggebender Faktor angesehen wird. Maria Agnesi muss daher zu den Wegbereitern positivistischer Interpretationen der Physik gerechnet werden. Nur insofern sie die Mathematik als Wissenschaftsideal hinstellt, gesteht sie der Vernunft noch einen wichtigen Stellenwert gegenüber der Erfahrung zu.[32]

Maria Agnesi strebt an das verfügbare naturphilosophische Wissen ihrer Zeit nicht nur faktisch wiederzugeben, sondern es systematisch angeordnet und in einem konsistenten Gesamtzusammenhang darzustellen. Damit spielt sie – natürlich in einem unvergleichlich bescheideneren Rahmen – auf die Idee an, die nach der Konzeption der Encyclopédie zugrunde liegt. Ihr Verdienst besteht darin, dass sie die eindeutige Überlegenheit von Newtons Mechanik, Astronomie und Optik über konkurrierende Theorien schon erkannte und propagierte, als auf dem Kontinent die Newtonsche Physik noch heftig umstritten war.[33]

3.2 Agnesis Hauptwerk: Die *Instituzioni Analitiche*

Als Maria Agnesi begann, sich mit Mathematik zu beschäftigen, war sie die Erste in Mailand, die sich der Infinitesimalrechnung zuwendete. 1748 veröffentlichte sie einen zwei Bände und 1020 Seiten umfassenden Text namens *Instituzioni Analitiche*, und dies noch vor ihrem dreißigsten Geburtstag.[34] Die nach 10 Jahren Arbeit entstandene *Instituzioni Analitiche* ist eine bemerkenswerte Einführung in die neuen Techniken der Differential- und Integralrechnung für „die italienische Jugend" und umfasst vier Bücher. Die einzelnen Bücher sind jeweils in Abschnitte unterteilt, die fortlaufend durchnummeriert sind, so dass

---

32 Klens 1994, S. 11.
33 Klens 1994, S. 10 f.
34 Swaby 2015, S. 180.

INSTITUZIONI
ANALITICHE
AD USO
DELLA GIOVENTU' ITALIANA
DI D.ᴺᴬ MARIA GAETANA
AGNESI
MILANESE
Dell' Accademia delle Scienze di Bologna.
TOMO I.

IN MILANO, MDCCXLVIII.
NELLA REGIA-DUCAL CORTE.
CON LICENZA DE' SUPERIORI.

Abbildung 3.3:
Maria Gaetana Agnesi: *Instituzioni Analitiche* (1748)

(Wikipedia)

sich insgesamt eine sehr übersichtliche Anordnung ergibt, die sich sowohl zum systematischen Studium als auch zum Nachschlagen eignet.[35]

Vor den *Instituzioni Analitiche* erscheinende Lehrbücher des Infinitesimalkalküls werden einem Anspruch auf Vollständigkeit nicht gerecht. Mitte des 18. Jahrhunderts sind sie zudem schon völlig veraltet. Die Integralrechnung wird in ihnen überhaupt nicht oder nur im Ansatz behandelt. Dagegen schafft es Agnesi, die einzelnen Ergebnisse der Analysis nicht nur zusammenzutragen, sondern sie in einer methodischen Ordnung zu präsentieren. Vor allem gelingt es ihr, im Gegensatz zu ihren Vorgängern, die Grundlagen der Analysis zu sichern, indem sie die unendlich kleinen Größen auf eine geometrische Theorie der irrationalen Zahlen zurückführt. Seit der Erfindung der Infinitesimalrechnung durch Newton bzw. Leibniz ist das Fundament dieser neuen Methode Gegenstand heftiger Auseinandersetzungen, denn die Erklärungen der beiden Mathematiker zum Begriff der unendlich kleinen Größen sind unbestimmt und widersprüchlich.[36] Agnesis Behandlung der Integralrechnung und der Differentialgleichungen zeichnet sich durch Erfindungsreichtum und Originalität im Detail aus. Durch geschickte Kunstgriffe des Infinitesimalkalküls kann sie zu einer Zeit, als die Entwicklung von Integralaufgaben noch nicht begonnen hat, erstmalig bestimmte komplizierte Integrale ausrechnen und zahlreiche spezielle Differentialgleichungen lösen. Indem sie viele wichtige Kurven zum ersten Mal mit Hilfe der Newtonschen Analysis untersucht und graphisch darstellt, fördert sie entscheidend die Systematisierung der Analytischen Geometrie.[37] Dabei legt sie Wert darauf, nicht nur die einzelnen Ergebnisse der Analysis zusammenzutragen, sondern sie in klarem und methodischen Aufbau zu präsentieren, um sie auch Anfängern zugänglich zu machen.[38]

Zahlreiche Beispiele und Probleme, die Agnesi anbringt, dienen nicht nur zur Veranschaulichung der theoretischen Ausführungen, sondern machen gleichzeitig mit interessanten Anwendungen und bedeutsamen innermathematischen Fragestellungen bekannt. Es war das erste systematische Werk dieser Art, wurde in zahlreichen Sprachen übersetzt und war noch nach über fünfzig Jahren der vollständigste mathematische Text, den man finden konnte.[39] Ihr geometrischer Stil stand in deutlichem Widerspruch zu führenden Gelehrten, was durch ihr grundlegendes Verständnis von Geometrie, Algebra und Infinitesimalrechnung begründet war.[40]

---

35 Klens 1994, S. 93.
36 Meschkowski 1981 S. 85 ff.
37 Klens 1994, S. 10.
38 Klens 1994, S. 88.
39 Swaby 2015, S. 180.
40 Mazzotti 2007, S. 156 f.

Unter den Kurven, die in dem Lehrbuch beschrieben werden, ist auch die sogenannte *Versiera*, die in der mathematischen Literatur häufig nach Maria Agnesi benannt wird.[41]

John Colson (1680–1760), Lucasischer Professor für Mathematik an der Universität in Cambridge und bekannt als Kommentator des Newtonschen Differentialkalküls, übersetzte jedoch fälschlicherweise das Wort zu *versicra*, welches wiederum Hexe bedeutet.[42] Ob Agnesi tatsächlich als erste eine geometrische Definition der Kurve ausgesprochen und ihr wegen ihrer geschwungenen Gestalt den Namen *Versiera* gegeben hat, ist umstritten. Truesdell weist darauf hin, dass sich schon Pierre de Fermat (1601–1665) mit dieser Kurve beschäftigt hatte. Pierre de Fermat war die Gleichung der Kurve

$$a^3 = (a^2 + x^2)\ y$$

bekannt, er habe sie aber weder gezeichnet, noch sich eingehender mit ihr beschäftigt.[43] Demgegenüber steht fest, dass die Bezeichnung *Versiera* schon 1703 von Guido Grandi (1671–1742) gebraucht wird. Sie könnte also auch von ihm stammen.[44] Doch auch wenn die Kurve nicht von ihr stammt, ist Maria Agnesi als „Hexe von Agnesi" in den Annalen der Mathematik verewigt.[45]

Mit ihrem Lehrbuch der Analysis setzte Maria Agnesi die aufklärerische Forderung nach wissenschaftlichen Grundlagentexten um, die einerseits für den Fortschritt einer Disziplin unentbehrlich und oft noch bedeutender als Neuentdeckungen sind, andererseits dem pädagogischen Verständnis der Aufklärung, welches sich auf die Formel *'Aufklärung durch wissenschaftliche Bildung'* bringen lässt, entsprechen.[46]

---

41 Kleinert 1990, S. 80.
42 Swaby 2015, S. 180 f.
43 Cantor 1901, Bd. 3, S. 823.
44 Kennedy 1969, S. 480–482.
45 Denz 1994, S. 30.
46 Klens 1994, S. 10.

Abbildung 4.1:
Maison royale de Saint-Louis of Saint Cyr,
gegründet 1685 von Madame de Maintenon (1635–1719).
Offizieller Besuch von König Louis XIV. (1690)

(Wikipedia)

Erziehung der Töchter der Aristokratic im 18. Jahrhundert

Die Art und der Inhalt der Erziehung von Kindern des Adels im Jahrhundert der Aufklärung unterlagen bestimmten historischen Gegebenheiten, die durch die soziale Herkunft, die finanzielle Situation und das Geschlecht bestimmt waren. In dieser Zeit war es in den meisten Ständen selbstverständlich, dass die Töchter im elterlichen Haus erzogen und zum Teil auch ausgebildet wurden. Allerdings hing das Niveau des erteilten Unterrichts vom Interesse der Eltern für ihre Kinder, deren Erziehung, von der Qualität eines etwaigen Hauslehrers, sowie oft von der Anwesenheit von Brüdern ab, von deren Erziehung die Mädchen dann profitieren konnten, sofern es ihnen erlaubt war, daran teilzunehmen.[1] Des Weiteren war das Kloster neben dem elterlichen Haus eine klassische schulische Einrichtung für adlige junge Damen. Meist kamen die Mädchen mit sieben Jahren dort an, und blieben bis sie mit 13 oder 14 heiratsfähig waren. Nicht wenige verbrachten ihre gesamte Kindheit und Jugend bis zur Heirat dort.[2]

Die *Maison Royale Saint-Louis in Saint Cyr*, 1685 gegründet von Madame de Maintenon (1635–1719), war die erste staatliche Mädchenschule in Frankreich. Gegründet wurde sie für Mädchen aus dem verarmten Adel, welche dort erzogen und beim Verlassen des Hauses mit einer Mitgift versorgt wurden. Aufnahmegesuche konnten für Mädchen im Alter zwischen sieben und zwölf Jahren gestellt werden, die einen Adelsnachweis über vier Generationen erbringen mussten.[3] Diese Schule war Vorbild für einige weitere, nicht nur in Frankreich. Töchter nicht-verarmter adliger Familien gingen jedoch weiterhin entweder für einige Jahre in ein Kloster, oder wurden im elterlichen Hause unterrichtet.

Die Adelserziehung war ein Mittel der gesellschaftlichen Distinktion, da man sich nicht dem aufstrebenden Bürgertum zu sehr annähern wollte. Für die Jungen und Mädchen der Aristokratie sollte die Erziehung daher in erster Linie standesgemäß sein, und sich an der zukünftigen gesellschaftlichen Position (und

---

1 Peiffer 1992, S. 215.
2 Böttcher 2013, S. 27.
3 Jacobi 2015, S. 180.

Funktion) des männlichen und weiblichen Zöglings orientieren. Den Söhnen
sollte die standesgemäße Erziehung Amt, Würde, und Karriere eröffnen; den
Töchtern den gesellschaftlichen Aufstieg durch Heirat ermöglichen, bzw. den
gesellschaftlichen Abstieg abwenden. Eine akademische Ausbildung, die heute
als besonders wichtig gilt, war eher zweitrangig.[4]

Besonderer Wert bei der Ausbildung der jungen Damen wurde auf Religion und jene Fähigkeiten, die für das gesellige Leben benötigt wurden gelegt.
Zu dem zweiten gehörte eine flüchtige Kenntnis auf möglichst vielfältigen Gebieten: ein oberflächliches Allgemeinwissen, mit dessen Hilfe die umfangreiche
Konversation aufrechterhalten werden konnte, von der die aristokratische Geselligkeit zu einem großen Teil lebte.[5] Die Annahme, dieser Unterricht sei in
der Regel inhaltsleer gewesen, ist falsch. Damit die jungen Damen in der guten
Gesellschaft adäquat auftreten konnten, mussten sie zumindest über grundlegende Kenntnisse in Philosophie, Literatur und den Wissenschaften verfügen.
Dazu gehörte oftmals auch das Erlernen mehrerer Fremdsprachen.[6]

Trotz des im 18. Jahrhundert spürbaren Mentalitätswandels bezüglich einer
guten inhaltlichen Ausbildung, bleib diese – nicht nur für Mädchen – meist
zufällig.[7] Die Erziehung war neben den zeitgenössischen Bildungs- und Kultur-
idealen auch von Familieninteressen, Schichtenzugehörigkeit, und herrschenden
Geschlechterrollen und -bildern beeinflusst.[8] Jedoch hatte sich im 18. Jahrhundert die Bildungssituation der Mädchen und Frauen verbessert. Dank des Einflusses der kartesianischen Anthropologie auf den Bildungsdiskurs sprach man
ihnen die Bildungsfähigkeit nicht mehr grundsätzlich ab. Gerade die kartesiani-
sche Vorstellung von der Geschlechtslosigkeit des Verstandes hatte im Rahmen
der *'querelle des femmes'* (des im 16. Jahrhundert begonnen Streits über die
Überlegenheit des einen oder des anderen Geschlechts) die Forderung nach einer besseren geistigen Bildung unterstützt. Nicht wenige wurden dadurch zur
aktiven Teilnahme an den philosophischen und wissenschaftlichen Debatten
der Zeit ermutigt. Die institutionalisierte, gelehrte und wissenschaftliche Ausbildung blieb den Mädchen und Frauen zwar nach wie vor verwehrt, dennoch
hatten sie leichter Zugang zu den Wissenschaften, da sich die Widerstände
gegen die wissenschaftliche Bildung des weiblichen Geschlechts verringerten.[9]

---

4 Sonnet 1997, S. 130.
5 Möbius 1982, S. 105.
6 Böttcher 2013, S. 16.
7 Laurence W. B. Brockliss (1987) schreibt in seiner Geschichte der höheren Bildungssituation Frankreichs, dass etwa 10% der Männer im 17. und 18. Jahrhundert eine klassische,
  gelehrte Ausbildung erhielten. Vgl. Brockliss 1987.
8 Böttcher 2013, S. 17.
9 Ebd., S. 16 f.

Schaut man sich die frühen *Moralischen Wochenschriften* an,[10] zeigt sich, dass die intellektuelle Ebenbürtigkeit der Frau im Vergleich zum Mann darin zwar nicht in Frage gestellt wird, allerdings setzen die *Moralischen Wochenschriften* klare Akzente, was die Inhalte und, vor allem, die Zielsetzung weiblichen Bildungsstrebens betrifft.[11] Es wird ein umfangreicher Bildungskanon aufgestellt, demzufolge Frauen nicht *tiefes Expertentum*, sondern vielmehr *breite Allgemeinbildung* anstreben sollten. Ziel dieser breit angelegten Bildungsbemühungen, die das Erlernen von Sprachen, die Beschäftigung mit Literatur einschlossen und Einblicke in die Geschichte und Naturkunde geben sollten, war, dass Frauen ihren Gatten verständnisvolle Partnerinnen, ihren Kindern kluge Mütter und der Gesellschaft sittliche und vernünftige Mitglieder sein sollten. Der dadurch eindeutig ausgerichtete Zweck weiblicher Bildung führte in den Vorstellungen der Verfasser der *Moralischen Wochenschriften* jedoch nicht dazu, *nur* haushalts- und erziehungswissenschaftliche Bildungsinhalte zu präsentieren. In den *Moralischen Wochenschriften* wurde von Frauen mehr als nur die Qualitäten einer christlichen, sparsamen, gut kalkulierenden und gehorsamen Hausmutter, wie sie die Hausväterliteratur propagierte, verlangt.[12]

Im Zusammenspiel mit den Idealen der humanistischen Bildungs- und Gelehrtentradition entstand des Weiteren das Ideal vom Lehrer als väterlichem Freund und Begleiter.[13] Es war Jean Jacques Rousseau (1712–1778) (vgl. Abb. 12.1, S. 108), der in *Émile oder Über die Erziehung* (Émile ou De l'éducation), 1762) schließlich den Erzieher als eine väterliche Figur par excellence entwarf und damit Einfluss auf den pädagogischen Diskurs über den Lehrer nahm. Nach dem Ideal des väterlichen Erziehers und Lehrers sollte das Lehrverhältnis durch väterliche Zuneigung und Autorität auf Seiten des Lehrers sowie Respekt und Zuneigung auf der des Schülers geprägt sein.[14]

Gerade im Hinblick auf gesellschaftspolitische Veränderungen, wie sie im Egalitätsdiskurs der Aufklärung angelegt sind, erhält die Position und Rolle des Vaters eine ganz zentrale Bedeutung. Es zeigt sich nämlich, dass die Mutter erst im Laufe des 19. Jahrhunderts zum Zentrum des familialen Lebens wurde, während sich vorher – jedenfalls in der Theorie – beide Eltern die Verantwortung für und die Mühe um das Kind zu teilen hatten, und zwar in teils

---

10 Vgl. *Der Gesellige, eine Moralische Wochenschrift*, Halle 1748–1750, Harsdörfer, Georg Philipp: *Frauenzimmer Gesprächsspiele, Bd. I–VIII.* Nürnberg: Wolfgang Endtern 1641–1649. Hg. von Irmgard Böttcher. Tübingen 1968 f. Martens, Wolfgang (Hg.): *Der Patriot* (nach Originalausgabe Hamburg 1724–1726 in drei Textbänden und einem Kommentarband). Berlin 1984.

11 Siehe Abschnitt 7.1, S. 62 Die Meinung über „die Natur der Frau" in der Literatur.

12 Brokmann-Nooren 1994, S. 263.

13 Böttcher 2013, S. 22.

14 Locke 1910, S. 89.

komplementärer, teils aber auch hierarchisch nachgeordneter Weise, d. h. dass zwar die Mutter für die Versorgung der Säuglinge und Kleinkinder zuständig sein sollte, der Vater aber die Fürsorge- und Aufsichtspflicht wie v. a. die „Vaterrechte" innehatte.[15] Im Rechtsdiskurs wie in der „schönen" Literatur stand vor allem deshalb noch am Ende des 18. Jahrhunderts der Vater im Mittelpunkt des Interesses.[16] Gerade deshalb finden wir im 18. Jahrhundert eine breite Debatte über Vaterschaft und Vaterrolle. Wir können in diesem Zusammenhang geradezu von der „Erfindung der Vaterliebe" sprechen, analog zu den Beobachtungen von der Mutterliebe als neuem Wert.[17] Und auch diese Vaterrolle lässt sich, wie die neuentworfene Mutterrolle, bei Rousseau wiederfinden, der im *Émile* schrieb:

> *„Wie die Mutter die wahre Amme ist, so ist der Vater der wahre Lehrer. Wenn ein Vater Kinder erzeugt und ernährt, so erfüllt er damit erst ein Drittel seiner Aufgabe. Er ist dem Menschengeschlecht Menschen schuldig, den Gemeinschaften sozial denkende Menschen und dem Staate Bürger. Jeder, der diese dreifache Schuld nicht zahlen kann und nicht zahlt, verdient Strafe, die vielleicht noch größer ist, wenn er seine Pflicht nur halb erfüllt. Wer die Pflichten eines Vaters nicht erfüllen kann, hat kein Recht, es zu werden."*[18]

Die Aufforderung zu einem harmonischen und liebevollen Familienleben à la Rousseau richtet sich also auch – oder vielleicht sogar zuerst – an die Väter. Deren „Gewalt" – im doppelten Wortsinn – suchen die Aufklärer durch die Idee der väterlichen Liebe abzumildern, und entzogen ihr zumindest teilweise durch naturrechtliche Ideen die Legitimation.[19] Warum Frauen das neue Mutterideal so viel bereitwilliger aufnahmen als dies auf Männerseite mit dem Vaterideal geschah, bliebe noch zu klären.[20] Die Regel blieb im 18. Jahrhundert, dass die adlige Tochter mit dem, was wir heute unter „Familie" verstehen, wenig verbinden kann. Als kleines Mädchen wächst sie unter der Obhut der Amme, des Kindermädchens, später jener der Gouvernante oder des Klosters heran. Die Beziehung zu den Eltern bleibt im Normalfall auf der Ebene pflichtgemäßer Höflichkeitsbesuche.[21]

---

15 Pinke & Hardach 1978, S. 33.
16 Vgl. Möhrmann 1996, S. 71–91.
17 Lehner 2016, S. 89.
18 Rousseau 1762 / 1990, S. 26 f.
19 Badinter 1992, S. 126 ff.
20 Opitz 2000, S. 98.
21 Möbius 1982, S. 34.

4.1 Die „heilige Aufgabe der Eltern". Die Erziehung zur Gelehrten im Hause Breteuil

Émilie du Châtelet hatte das „Glück," als Kind nicht sehr ansehnlich gewesen zu sein. Ihr Vater schrieb einmal über sie:

> *„Meine Jüngste ist ein seltsames Geschöpf und wird zweifelslos auch als Frau sehr unansehnlich bleiben. Hätte ich nicht eine recht geringe Meinung von mehreren Bischöfen, so würde ich sie im Religiösen unterweisen lassen und sie in einem Kloster verstecken. [...] – kurz: sie ist hässlich wie ein Bauernrekrut aus der Gascogne im Königlichen Leibregiment."*[22]

Da ihr Vater dachte, er müsste sie auf ein eheloses Leben vorbereiten, wollte er eine Kompensation schaffen indem er sie mit den besten Lehrern versorgte.[23] Die Eltern de Breteuil übernahmen, wenn überhaupt, nur einen kleinen Teil der Ausbildung ihrer Kinder selbst.[24]

Viele Mädchen, von denen man weiß, dass sie zu Hause ein an der gelehrten Bildung angelehntes Curriculum durchliefen, erhielten diesen Unterricht gemeinsam mit ihren Brüdern oder Geschwistern. Zu ihnen gehörte du Châtelet. Sie wurde zusammen mit ihrem jüngeren Bruder Élisabeth-Théodore Le Tonnelier de Breteuil (1710–1781) im elterlichen Haus unterrichtet. Die beiden älteren Brüder hatten das Elternhaus schon verlassen. Élisabeth-Théodore sollte Geistlicher werden. Damit ist eine Erklärung dafür gefunden, warum du Châtelets Unterricht sich nach allem, was man weiß, an den 'septem artes liberales' orientierte.[25]

Schon von frühester Kindheit an bekundete Émilie du Châtelet, sie wolle eine Gelehrte werden. Mit zehn Jahren beherrschte sie das Lateinische und wusste lange Passagen aus Virgil, Lukrez und Horaz auswendig. Ebenso kannte sie die philosophischen Werke von Cicero und zeigte ernsthaftes Interesse für Metaphysik und Mathematik. Als sie zwölf Jahre alt war, las, schrieb und sprach sie fließend Englisch, Italienisch, Spanisch und Deutsch. Sie übersetzte Aristoteles' *„Politik und Aesthetik"* aus dem Altgriechischen nur zur eigenen Unterhaltung und schrieb ihre erste Übersetzung der Aeneis aus dem Lateinischen mit der sie, als sie sie Jahre später wiederholte, zu bleibendem Ruhm gelangte.[26] Von Seiten ihrer Eltern wurden ihrem Wissensdrang keine Steine in

---

22 Kraus 2006, S. 61.
23 Edwards 1971, S. 11.
24 Zinsser 2006, S. 14–19.
25 Ebd., S. 28.
26 Edwards 1971, S. 12.

den Weg gelegt, im Gegenteil, Émilie du Châtelet wuchs in einer Atmosphäre auf, die intellektuellen Fragen gegenüber aufgeschlossen war.[27]

Die Breteuils waren seit dem 15. Jahrhundert ein sehr reiches Geschlecht des Amtsadels und besaßen enge Beziehungen zum französischen Hof. Sie machten Karriere im Richterstand und in der Finanzverwaltung. Émilies Großvater, Louis Le Tonnelier de Breteuil, war Generalinspektor der Finanzverwaltung. Émilies Mutter, Anne de Froulay, war aus einer Offiziersfamilie hervorgegangen, der auch der Marschall de Tessé angehörte.[28] Die Familie war äußerst standesbewusst und legte großen Wert auf die standesgemäße Erziehung und geistige Bildung ihrer Kinder.[29]

In dem dreistöckigen Stadthaus an der rue Saint-Honoré, die auf den Tuilerien Garten hinausging, hatten die Eltern allein für ihre Bibliothek drei Räume reserviert, in denen sich Émilie du Châtelet und ihrer Geschwister schon früh bedienen durften.[30] So gehörte die Erziehung im Hause der de Breteuils zu den Hauserziehungen, die den Töchtern des Adels im 18. Jahrhundert Bildungschancen bot.[31] Überdies durfte sie bereits als Kind im Alter von zehn Jahren an den Empfängen im Salon teilnehmen. Zu den Gästen im so genannten Hôtel de Breteuil zählten illustre und geistreiche Personen, so zum Beispiel Bernard Le Bovier de Fontenelle (1657–1757), der zu den beliebtesten Schriftstellern des beginnenden Jahrhunderts zählte, oder der Herzog de Saint-Simon, der mit seinen Memoiren ein Sittenbild des Jahrhunderts lieferte; außerdem junge Poeten und Genies, zu denen auch Voltaire zählte.[32]

Gemeinhin wird du Châtelets Erziehung als außergewöhnliches Ergebnis einer engen Vater-Tochter-Beziehung dargestellt,[33] und in vielen Fällen war der Vater tatsächlich der Erzieher seiner Kinder. So unterrichtete ein Kollege Isaac Newtons an der englischen Münzanstalt seine Tochter, die englische Newtonianerin und Dichterin Elizabeth Tollet (1694–1754) – die zu den wenigen weiblichen Bekannten Newtons gehörte – in Mathematik und der modernen Naturphilosophie.[34] Die Schwester Blaise Pascals (1623–1662), Gilberte Périer, geborene Pascal (1620–1687), erinnert sich in ihrer Biographie des Bruders an

---

27 Kraus 2006, S. 63.
28 Badinter 1984, S. 38.
29 Vaillot 1978, S. 23–32.
30 Kraus 2006, S. 60.
31 Böttcher 2013, S. 33.
32 Kraus 2006, S. 63.
33 Diese Einschätzung geht auf die Historiker Vaillot und Badinter zurück. Vgl. hierzu Vaillot 1978, S. 31–35 und Badinter 1983, S. 68.
34 Vgl. Fara 2002, S. 172.

den Vater Etienne Pascal (1581–1651). Dieser unterrichtete seine Kinder im Sinne des humanistischen Bildungsideals.[35]

Im Falle du Châtelets scheint das Bild vom Vater, der seiner Tochter den Weg zur Mathematik und den Naturwissenschaften bereitet, jedoch nicht der Realität zu entsprechen. Schon Zinsser (2006) hat die These Badinters widerlegt, dass in erster Linie du Châtelets Vater die Tochter intellektuell unterrichtete und förderte. Durch ihre Beschreibung des Tagesablaufs vom Baron de Breteuil mit seinen vielfältigen Verpflichtungen am Hof wird deutlich, dass er keine Zeit hatte, sich der Ausbildung seiner Tochter persönlich zu widmen. Daher war wohl nicht der Vater du Châtelets ihr Lateinlehrer (wie Voltaire berichtete) und er vermittelte ihr auch nicht die Grundlagen der Mathematik und modernen Naturphilosophie, die nach Mme de Créqui, der Cousine du Châtelets, nicht zu seinen Interessengebieten zählten.[36]

Wegen der geschlechtlichen Stereotypisierung erschien es selbstverständlich, dass es der Vater war, der du Châtelet intellektuell förderte. Dabei gibt es einige Hinweise darauf, dass es die Mutter, Gabrielle Anne de Froulay, gewesen ist, die für ihre Tochter Émilie intellektuelles Vorbild und zugleich geistige Förderin war. Von Badinter (1983) wird sie als strenge und disziplinierte Frau beschrieben, die ihrer Tochter „den Geschmack an der Anstrengung, der Strenge und der Disziplin" vermittelte.[37] Diese These wird durch die Erinnerungen der Cousine du Châtelets, Mme de Créqui, gestützt. Sie beschreibt ihre Tante als eine außergewöhnlich gebildete Frau, die sich für Astronomie und Theologie interessierte.[38] In ihren Lebenserinnerungen erzählt Créqui von einer Situation, in der die Mutter als Lehrerin ihrer Tochter auftritt. Du Châtelet wandte sich mit ihren Fragen zu den biblischen Geschichten an ihre Mutter. Sie fand die biblischen Erzählungen unrealistisch, woraufhin die Mutter ihrer Tochter die Bedeutung und den Sinn biblischer Gleichnisse erklärte.[39]

Im Grunde unterschieden sich die Inhalte der Ausbildung von Mädchen und jungen Frauen im 18. Jahrhundert nicht grundlegend von denen der Männer, sofern im elterlichen Haus Wert auf (weibliche) Bildung gelegt wurde.[40] Diese Propädeutik ermöglichte den Zugang zur damaligen Gelehrten- und Wissenschaftskultur, zu der schließlich auch du Châtelet (wenn auch beschränkt) Zutritt hatte.[41]

---

35 Vgl. Böttcher 2003, S. 189–212.
36 Vgl. Créqui 1834, Bd. 1, S. 106.
37 Böttcher 2013, S. 24.
38 Créqui 1834, Bd. 1–7, Kap. 3.
39 Vgl. Ebd.
40 Zinsser 2006, S. 52.
41 Böttcher 2013, S. 14.

Als erwachsene Frau schrieb Émilie du Châtelet ihre Gedanken zur Erziehung nicht nur in Briefen, sondern auch in ihren Werken nieder. Bei ihr vermischten sich Erziehungsmotive mit einem persönlichen und individuellen Anliegen. Sie verknüpfte eine gute, möglichst frühe Erziehung mit der Möglichkeit, ein glückliches, unabhängiges und emanzipiertes Leben zu führen. Ihrer Ansicht nach befähigt nur die Beschäftigung mit geistigen und wissenschaftlichen Dingen den Menschen, und dabei besonders die Frauen, Unabhängigkeit von anderen zu erlangen und ein glückliches Leben zu führen. Gerade während der Kindheit und Jugend, so du Châtelet, sollten die kognitiven Fähigkeiten ausgebildet werden, weil in dieser Lebensphase die Grundlagen für jedwede weitere geistige Beschäftigung gelegt würden.[42] Als Mutter einer Tochter und eines Sohnes schrieb sie 1740 im Vorwort ihres Physiklehrbuchs sogar von einer heiligen Aufgabe der Eltern:

> *„Ich habe immer gedacht, dass es die heiligste Aufgabe des Menschen*[43] *sei, ihren Kindern eine Erziehung zu geben, die verhindert, dass sie im Alter ihre Jugend bedauern, die die einzige Zeit ist, während der man sich wirklich bilden kann."*[44]

Das Üben, was durchaus als eine Form der geistigen Arbeit angesehen werden kann, ist für sie ein wichtiger Aspekt der Erziehung und Ausbildung:

> *„Noch so vernünftige Überlegungen geben einer Seele nicht die Flexibilität als fehlende Übung ihr nimmt, wenn man seine erste Jugend hinter sich hat."*[45]

Du Châtelet selber führte nicht aus, wie die Eltern die Aufgabe der Erziehung ausfüllen sollten. Mit Blick auf ihre eigene Lebensgeschichte meinte sie vermutlich nicht, dass die Eltern ihre Kinder unbedingt selbst unterrichten sollten.

---

42 Châtelet: *Rede vom Glück. Discours sur le bonheur.* Mit einer Anzahl Briefe der Mme du Châtelet an den Marquis de Saint-Lambert, 1756 / 1999, S. 36–37.

43 „Hommes" wurde mit Menschen übersetzt, da Du Châtelet im Manuskript zu den *Institutions de physique* das Begriffspaar „père et mère" verwendet. Dies deutet darauf hin, dass sie tatsächlich beide Elternteile meint.

44 *„J'ai toujour pensé que le devoir le plus sacré des Hommes étoit de donner à leurs enfans une education qui les empêchât dans un âge plus avancé de regreter leur jeunesse, qui est le seul tems où l'on puisse véritablement s'instruire."* Émilie du Châtelet: *Institutions physiques.* In: Christian Wolff – Gesammelte Werke, 1742 / 1988, Bd. 28, Vorwort, S. 1–2.

45 *„Des reflections si sensées, ne rendent pas à l'ame, cette flexibilité que le manque d'exercice lui otte quand on a passé la premiere ieunesse."* Émilie du Châtelet: [Bienenfabel] *Traduction de la «Fable des Abeilles» de Mandeville.* 1735–36. In: Wade 1947, S. 131.

Abbildung 4.2:
Christian Wolff (1679–1754)
(Wikipedia)

Eine gute Erziehung zu ermöglichen, kann schließlich auch bedeuten, die Kinder auf eine gute Schule zu schicken oder von qualifizierten Lehrern zu Hause unterrichten zu lassen.[46]

Bezogen auf die Gesamtbevölkerung, sowie auf einen Teil des Adels, ist es unbestritten, dass du Châtelet eine gute und anspruchsvolle Ausbildung genossen hat. Ansonsten wäre sie kaum in der Lage gewesen, jene mathematischen und wissenschaftlichen Fähigkeiten auszubilden, die sie zu einer eigenständigen, die moderne Mathematik und Naturphilosophie beherrschenden Gelehrten gemacht haben.

---

46 Böttcher 2013, S. 16.

4.2 Das „Wunderkind" Maria Gaetana Agnesi

Stand die gerade geschilderte Art der Erziehung wie die du Châtelets nur einer kleinen aristokratischen Elite von Frauen zur Verfügung, so kamen über das Rollenvorbild „Wunderkind" auch Frauen aus gehobenen bürgerlichen Schichten in die Berührung mit Gelehrsamkeit und Wissenschaft. Von allen Mustern ist dies wohl dasjenige, das die höchste Sichtbarkeit, oft sogar eine gewisse Berühmtheit, und zugleich den stärksten psychischen Druck für die involvierten Frauen mit sich brachte. Im Hinblick auf die Wirkungen und Möglichkeiten für Frauen ist es darum äußert ambivalent.[47]

Dass Maria Agnesi hochintelligent und ein außergewöhnliches Sprachtalent besaß war nur durch Zufall aufgefallen, als sie in den Lateinstunden ihres um ein Jahr jüngeren Bruders erstaunliche Lateinkenntnisse erwarb, obwohl sie gar nicht aktiv am Unterricht teilnahm, sondern nur anwesend war. Erst nach diesem Vorfall kam Agnesis Vater auf die Idee, auch für sie Privatlehrer zu engagieren. So erlernte sie, neben dem Italienischen, Französisch, Deutsch, Latein, Griechisch und Hebräisch. Bei den Sprachen blieb es aber nicht. Bei den ausgezeichneten Lehrern, die ihr Vater ins Haus holte, lernte sie ebenfalls Mathematik, Physik und Philosophie.[48]

Neben dem intensiven Sprachstudium wird Agnesi von ihrem Lehrer Belloni (fl. 1739) nicht nur mathematisch geschult, sondern in Naturphilosophie, Metaphysik und Logik eingeführt. Was ihre philosophische Bildung betrifft, scheint er ihr wichtigster Lehrer gewesen zu sein, denn Agnesi setzt ihn an die erste Stelle derjenigen, die sie in diesem Sinne gefördert haben, indem sie ihm ihre *Propositones philosophicae* widmet.[49]

Es scheint allerdings Schwierigkeiten gegeben zu haben, Belloni als Lehrer zu gewinnen. Seine anfängliche Skepsis, ein Mädchen in Disziplinen wie Philosophie und Mathematik zu unterrichten, hat er erst überwinden müssen, wie folgende Bemerkung Agnesis andeutet:

> *„Denn nachdem Sie erst schwere Sorgen hatten, pflegen Sie es nun, mich oft zu besuchen und durch Ihre gelehrten Gespräche zu fesseln."*[50]

Außer Belloni scheinen Manara (1735 Professor für Logik, 1742 Lehrstuhl für Experimentalphysik in Pavia) und Casati (fl.1741) sie in Fragen der Natur-

---

47 Ceranski 2000, S. 291.
48 Klens 1994, S. 8.
49 Agnesi, Maria Gaetana: *Propositiones philosophicae.* Mailand 1738, Widmung an Belloni.
50 Agnesi, Maria Gaetana: *„Nam post habitis gravioribus curis saepe me invisere consuevisti, tuisque eruditis sermonibus detinere."* *Propositiones philosophicae.* Mediolani (Mailand) 1738, Widmung an Belloni.

wissenschaft sowie der theoretischen und praktischen Philosophie über mehrere Jahre beraten zu haben.[51]

Zusätzlich muss Agnesi ausgiebige autodidaktische Studien betrieben haben. Dies beweisen zahlreiche unveröffentlichte Manuskripte, bei denen es sich um Exzerpte zu handeln scheint, die die zugrunde gelegten Schriften kritisch reflektieren.[52]

Sie wurde also von ihren Lehrern sorgfältig ausgebildet und regelrecht darauf gedrillt, vor Besuchern des väterlichen Salons mit ihrer Belesenheit und lateinischen Eloquenz zu beeindrucken. 1723 erschien in Mailand ein Sonett *„zu Ehren des Mädchens* [Maria Gaetana Agnesi]*, das im Alter von fünf Jahren wunderbar französisch spricht“*,[53] und vier Jahre später sprach sie angeblich so gut Latein, dass sie während einer im Garten des väterlichen Hauses stattfindenden Abendgesellschaft eine in bestem ciceronianischem Latein verfasste Rede über das Frauenstudium vortragen konnte.[54]

Diese Vorführung als 'Wunderkind' (hauptsächlich von 1734 bis 1741) war von ihrem ambitionierten Vater geschickt und aufsehenerregend inszeniert worden. Die intellektuelle Förderung Marias diente anscheinend ebenso wie die musikalische Ausbildung ihrer talentierten Schwester in erster Linie dazu, das Prestige ihres Vaters zu mehren, der zahlreiche weitere Veranstaltungen arrangierte, um seine hochbegabten Töchter zur Schau zu stellen.

Dadurch, dass er mit ihnen auf Empfängen im eigenen Haus glänzen konnte, die denen der adligen Häuser nicht nachstanden, waren sie für ihn ein Mittel, um in der Gesellschaft aufzusteigen.[55] Ein Anhaltspunkt dafür ist, dass er den Adelstitel käuflich erwirbt, den er bei Agnesis Geburt noch nicht besitzt.[56]

Ein weiteres Indiz für Pietro Agnesis Ambitionen im Hinblick auf seine talentierte Tochter ist deren Überforderung mit einem zu umfangreichen Studienprogramm. Weil sie dieses exzessive Lernpensum zu absolvieren hat, erkrankt sie 1730 – erst zwölf Jahre alt – an einem Nervenleiden, von dem sie sich erst nach einem längeren Landaufenthalt erholt. .[57] Mediziner führten 1730 eine

---

51 Vgl. Brief Manaras an Agnesi 26.04.1733, Briefwechsel zwischen Casati und Agnesi 1739–1741. In: Anzoletti 1900 S. 286 f, 378–380.

52 Klens 1994, S. 138.

53 Das Gedicht hat den Titel *Alla nobile fanciulla D. Maria Gaetana Agnesi Milanese, ch nell'età di anni cinque parla mirabilmente Francese.*

54 Die Ansprache über das Recht der Frauen auf Bildung, hatte einer ihrer Lehrer zuvor auf Italienisch verfasst. Agnesi übersetzte den Text auf Latein und lernte ihn auswendig. Vgl. Mazzotti 2015, S. 146 f. Die Rede wurde 1727 unter dem Titel *Oratio qua ostenditur: Aritum liberalium studia a femineo sexu neutiquam abhorrere* in Mailand gedruckt.

55 Kleinert 1990, S. 72.

56 Klens 1994, S. 138.

57 Ebd., S. 139.

„hartnäckige" Krankheit auf überreichliches Studium und sitzende Lebenswei-
se zurück und verordneten ihr Pferderitte und Tanz. Dies Therapie erzeugte
jedoch „eigenartige Ausbrüche" von Aggressivität, die sie so gewalttätig werden
ließen, dass sie „von zwei Bediensteten am Boden gehalten" werden musste.[58]
Daraufhin verordneten die Ärzte wieder eine moderate Beschäftigung mit den
Wissenschaften, die Maria jedoch schnell wieder ausdehnte.[59]

Das Geltungsbedürfnis ihres Vaters zeigt sich auch in der Art und Weise,
wie er die häuslichen *Accademia* durchführen lässt, mit der er nur beabsichtigt,
die geladenen Gäste zu beeindrucken, ohne sich für die inhaltliche Auseinandersetzung zu interessieren. Vielleicht rührt auch Agnesis zeitweiliger Wunsch
ins Kloster einzutreten daher, sich endgültig diesen öffentlichen Auftritten zu
entziehen.[60]

Pietros ganzes Leben war einer Strategie des sozialen Aufstiegs gewidmet,
die sich letztendlich als zu teuer erwies um aufrecht erhalten werden zu können
und zum ökonomischen Ruin der Familie führte. Als das Wappen der Agnesi
im Adelsverzeichnis des Staates Mailand 1773 aufgenommen wurde, war Pietro
schon längst tot und die Familie hatte die meisten ihrer Besitztümer verloren.
Diese Familienstrategie ist wichtig für das Verständnis ihrer Erziehung und der
Förderung und öffentlichen Darstellung von Agnesis Talent, und um die be-
stimmenden Merkmale der Agnesi *Conversazione* wie auch ihre Distanz zu den
zeitgenössischen aristokratischen Modellen der Salons in Italien zu interpretie-
ren.[61]

Agnesi entspricht eindeutig dem Modell des „weiblichen Wunderkindes". Es
kam im italienischen und deutschen Renaissance-Humanismus auf, als eine kleine Anzahl Frauen an der Wiederbelebung und Pflege der antiken Gelehrsamkeit Anteil bekam. Sie stammten aus gesellschaftlich einflussreichen Schichten
wie dem städtischen Patriziat oder aus Familien von bekannten Humanisten.
Auf diese Weise erhielten sie entweder über männliche Familienmitglieder – in
der Regel ihre Väter – oder über andere Gelehrte, die etwa ihre Brüder un-
terrichteten, Zugang zu einer Ausbildung in Latein und Griechisch sowie der
Literatur und Poesie in diesen Sprachen. Eine ganze Reihe der so ausgebildeten
Mädchen machte als Wunderkind „Karriere", indem sie etwa vor hochgestellten Persönlichkeiten im zarten Alter Gedichte und Reden vortrugen und dafür
mit Bewunderung und Lob überschüttet wurden.[62] Genau dies war bei Maria
Agnesi der Fall.

---

58 Frisi 1799.
59 Denz 1994, S. 29.
60 Klens 1994, S. 140.
61 Mazzotti 2007, S. 153.
62 Ceranski 2000, S. 291.

Obwohl der Topos des Wunderkindes nicht spezifisch weiblich ist, waren es doch vor allem die jungen Mädchen, die Aufsehen und Bewunderung erregten und darum regelrecht auf eine solche Laufbahn hin dressiert und wie „lebendes Kapital" behandelt wurden.[63] Aber nicht nur deswegen ist das Modell des Wunderkindes so ambivalent. Denn diese Rolle und die damit verbundene Freistellung zum Studium waren per Definition auf eine recht kurze Lebensphase beschränkt, an deren Ende die Entscheidung *maritar o monacar*, für Heirat oder Kloster stand.[64] Für Maria stand beides nicht zur Auswahl, da ihr Vater seine Zustimmung verweigerte, sie auf ihren Wunsch hin in ein Kloster eintreten zu lassen. Prinzipielle Erwägungen können für diese Entscheidung Pietro Agnesis keine Rolle gespielt haben, da er seinen beiden Töchtern Guiseppa und Ippolita die Erlaubnis erteilte, die er ihr verwehrte.[65]

Es scheint auch kein Zufall zu sein, sondern auf egoistische Motive Pietro Agnesis zurückzugehen, dass zu seinen Lebzeiten keine seiner Töchter heiratete. Dafür spricht vor allem die Tatsache, dass schon drei Monate nach seinem Tod 1752 Agnesis musikalische hochbegabte Schwester eine Ehe einging.[66] Gerade seine beiden berühmten Töchter wollte Pietro Agnesi unter keinen Umständen fortgehen lassen. Vieles deutet darauf hin, dass er sein eigenes Verlangen nach gesellschaftlicher Anerkennung durch den Erfolg seiner Töchter zu befriedigen suchte, was ihm auch gelang.

Wenn eine Frau weder ins Kloster eintrat, noch heiratete und stattdessen weiterhin ledig als Gelehrte lebte, wurde sie gezwungen in Einsamkeit zu leben, da ihr wegen ihres Geschlechtes die Gemeinschaft mit Männern ihres Bildungshintergrunds verwehrt war, sie aber auch bei anderen, weniger gebildeten Frauen mitunter auf erbitterte Anfeindungen stieß. Gelehrte Frauen, die ihre Gelehrsamkeit auch nach der Lebensphase als Wunderkinder pflegen wollten, setzten ihre weibliche Identität und ihren sozialen Status aufs Spiel. Nicht wenige dieser ehemaligen Wunderkinder zogen sich darum entmutigt in die völlige Abgeschiedenheit zurück.[67] Agnesi entschied sich vielleicht auch deshalb, sich nach dem Tod ihres Vaters von den Wissenschaften zurückzuziehen und sich stattdessen intensiv religiös und karikativ zu engagieren.

---

63 So verbot etwa der Senat von Venedig der Humanistin Cassandra Fedele (geb. 1465), einen Ruf von Isabella von Aragón an den Hof zu folgen: Sie wurde in Venedig als „Symbol venezianischer Städteherrlichkeit" gebraucht. Vgl. King 2003, S. 237.

64 Der Ausdruck findet sich bei Labalme 1980, S. 4. Von den betroffenen Frauen wurden Heirat und Studium als einander ausschließende Alternativen empfunden, und in der Tat gibt es nur wenige Frauen, die nach einer Heirat noch humanistische Studien betrieben. Auch der Rückzug in einen Konvent bedeutete jedoch oft genug die Aufgabe der Studien.

65 Sie treten 1736 bzw. 1748 ins Kloster ein. Klens 1994, S. 140.

66 Ebd., S. 140.

67 Ceranski 2000, S. 291.

Abbildung 5.1:
Académie des sciences de l'Institut de France
(Akademie der Wissenschaften) (*1666),
Ludwig XIV. besucht die *Académie des sciences*, 1671
Sébastien LeClerc, 1671 (Wikipedia)

Akademien: Ausschluss und gleichzeitig Chance für Frauen

Die Akademien waren Orte für intellektuellen Austausch aus denen Frauen grundsätzlich ausgeschlossen wurden, doch die Gründe für den Ausschluss der Frauen reichen noch weiter zurück bis zum Gründungsjahr der ersten Akademie. Sie sind in den Universitäten begründet. Viele der Universitäten sind aus Domschulen hervorgegangen, die vor allem Priesternachwuchs ausbildeten. So wurden die Hochschullehrer vor allem aus kirchlichen Stiftungen und Pfründen besoldet und galten als Kleriker. Da die katholische Kirche Frauen das Priesteramt verwehrt, war ihnen auch eine Ausbildung nicht zugänglich. Dazu bedurfte es keines offiziellen Verbotes. Das Bildungsverständnis der Zeit wurzelte in religiösen Vorstellungen, die Frauen die Teilhabe am Prinzip des Geistigen weitgehend absprachen.[1]

Die Etablierung dieser Institution löste daher eine neue Welle antifeministischer Abgrenzung gegenüber gelehrten Frauen aus. Das betraf nicht nur den Besuch der Hochschulen: Mit ihrem Ausschluss von der sich entfaltenden Wissenschaft wurden Frauen entsprechend dem Verständnis der Zeit zugleich auch in ihrer religiösen Erkenntnisfähigkeit, Welterfahrung, Moralentwicklung und Selbstsicht beschnitten. Der akademische Stand war weitgehend geprägt durch die Attribute *„geistig, geistlich und männlich"*. Er organisierte sich als ein Männerbund mit einer entsprechenden Subkultur.[2] Die älteste Universität ist die Universität von Bologna, welche im Laufe ihrer Geschichte Frauen sehr viel mehr zugewandt war, als es der Regel entsprach. Laura Bassi und Maria Agnesi waren nicht die einzigen Frauen, welche einen Ruf als Professorin an dieser Universität bekamen – schon im 14. Jahrhundert lehrte die Professorentochter Constanza Calenda (fl. 1415) an der Universität von Neapel Medizin[3] – doch blieb dies die Ausnahme und war im 18. Jahrhundert nur in Italien üblich.

---

1 Lundt 1996, S. 110.
2 Ebd., S. 111.
3 Die Erste Mathematikprofessorin an der Universität Bologna war Maria di Novella. Ladislao Münster 1962, S. 139.

Die moderne Wissenschaft entstand auch nicht in den mittelalterlichen Universitäten, sondern in Opposition zu ihnen. Wissenschaftshistoriker haben die Gründung wissenschaftlicher Akademien als einen entscheidenden Schritt in der Herausbildung der modernen Wissenschaft angesehen. Die wichtigsten europäischen Wissenschaftsakademien wurden im 17. Jahrhundert gegründet: 1662 die *Royal Society of London*, 1666 die Pariser *Académie royale des sciences*, 1700 die *Societas regia scientiarum* in Berlin[4] und ferner die bereits 1652 in Schweinfurt gegründete *Academia Naturae Curiosorum* (seit 1687 kurz *Leopoldina* genannt, seit 1878 mit Sitz in Halle).

Die Akademien waren staatliche Institutionen; sie wurden von Königen gegründet und standen unter deren besonderem Schutz. Das verschaffte der flügge gewordenen Wissenschaft Sozialprestige und politische Protektion. Die erste Institutionalisierung der neuen Wissenschaft fällt so aber auch mit dem förmlichen Ausschluss der Frauen zusammen. Gleichzeitig mit dem System der Akademien bildet sich in Europa das Muster heraus, nach dem die Stellung der Frau auch in den Wissenschaften bemessen werden sollte: Je mehr eine Tätigkeit im Ansehen steigt, desto stärker nimmt die Beteiligung der Frauen an dieser Tätigkeit ab.[5] Trotzdem stand nicht von vornherein fest, dass den Frauen der Zugang zu den Akademien verwehrt bleiben würde. Frauen waren aktive Mitglieder gebildeter aristokratischer Zirkel gewesen, und in diesen Zirkeln sahen die Akademien ihre bedeutendsten Vorläufer. Tatsächlich hatten sich zahlreiche Frauen künstlerische und wissenschaftliche Fertigkeiten angeeignet. Der Ausschluss der Frauen in diesem kritischen Augenblick der Wissenschaftsgeschichte bedarf also der Erklärung. Die Akademie des 17. Jahrhunderts hat ihre Wurzeln in zwei verschiedenen Traditionen – in der mittelalterlichen Universität und im italienischen Renaissancehof. Was die erstere betrifft, so ist der Ausschluss der Frauen leicht erklärt: Ein großer Teil der Akademiemitglieder rekrutierte sich aus den Universitäten, und diese hatten die Frauen wie eben beschrieben seit jeher ausgeschlossen. Legt man das Schwergewicht auf die universitäre Tradition, war die Öffnung der Akademien für Frauen also unwahrscheinlich. Andererseits kann man geltend machen, dass Wissenschaftsverbände vorwiegend aus höfischen Traditionen hervorgegangen sind. Frances Yates hat als Keimzelle der ganzen Akademiebewegung die Platonische Akademie ausgemacht, die Mitte des 15. Jahrhunderts in Florenz unter der Schirmherrschaft des Fürsten Lorenzo II de' Medici gegründet wurde.[6] Wenn wir also die Kontinuität zwischen den Akademien und der höfischen Kultur der Renaissance betonen, erscheint

---

4 Schiebinger 1996, S. 295.
5 Schiebinger 1993, S. 42.
6 Yates 1947, S. 1. Als Katharina von Medici Heinrich II. heiratete, nahm sie die kulturelle Tradition der Medici mit nach Frankreich.

der Ausschluss der Frauen nicht mehr so selbstverständlich – denn hier hatten die Frauen ja eine aktive Rolle im kulturellen Leben gespielt.[7]

In Frankreich begann der Aufbau des akademischen Systems mit der Gründung der *Académie Française* – einer Institution, die vor allem die französische Sprache und Literatur fördern sollte. Die *Académie Française* wurde im Jahr 1635 durch König Ludwig XIII. ins Leben gerufen. Als erste staatliche Akademie der Neuzeit außerhalb Italiens entstand sie fast 25 Jahre vor der Londoner *Royal Society* und fast 30 Jahre vor der stärker spezialisierten *Académie Royale des Sciences* in Paris. Für die Stellung der Frau im kulturellen Leben ist die Gründung der *Académie Française* ein besonders bedeutsamer Augenblick, denn obwohl es sich bei ihr nicht um eine wissenschaftliche Akademie handelt, wurden die Frauen hier zum ersten Mal ausdrücklich aus den modernen Bildungseinrichtungen verbannt.[8]

Obwohl keine einzige Akademie in Europa die Aufnahme von Frauen in ihren Statuten ausdrücklich verbot, blieben die Frauen bis zur Mitte des 20. Jahrhunderts von der vollen Mitgliedschaft in der *Royal Society of London*, der *Académie Royale des Sciences* oder der *Societas Regia Scientiarum* in Berlin ausgeschlossen. Nur die italienischen Akademien – in Bologna, Padua und Rom – nahmen regelmäßig Frauen auf.[9]

Die Bologneser *Accademia delle Scienze*, die zu Beginn des 18. Jahrhunderts gegründet worden war, war mathematisch und experimentell: cartesianische und newtonianische Philosophie prägten Lehre und Forschung. Obwohl die wichtigsten Akademiemitglieder zugleich Universitätsprofessoren waren, die zwei Gruppen sich also überlappten, war das Bologneser wissenschaftliche Leben klar durch zwei Gruppen gelehrter Männer mit zwei verschiedenen Wissenschaftsidealen an zwei verschiedenen Orten geprägt.[10] Zwei Französinnen, Madeleine de Scudéry (1607–1701) im 17. Jahrhundert und Émilie du Châtelet im 18. Jahrhundert, wurden von den gelehrten Gesellschaften im eigenen Land abgewiesen, fanden aber Aufnahme bei den italienischen Akademien – eine Gastfreundschaft, die Frankreich allerdings nicht erwiderte. Maria Agnesi, die im Jahr 1747 in die Akademie von Bologna gewählt wurde und deren Schriften unter der Schirmherrschaft der *Académie Royale des Sciences* ins Französische übersetzt worden waren, wurde dennoch nicht eingeladen, sich der Pariser

---

7 Schiebinger 1993, S. 42.

8 Ebd., S. 42.

9 Die Berliner Akademie nahm im Unterschied zu ihren Gegenstücken in London und Paris einige Frauen aus den höheren Gesellschaftsschichten als Ehrenmitglieder auf.

10 Ceranski 2000, S. 298.

Akademie anzuschließen.[11] Der Sekretär der Akademie, Bernard de Fontenelle (1657–1757), vermerkte bedauernd, Maria Agnesi könne trotz ihrer akademischen Leistungen und ihres mathematischen Genies nicht Mitglied werden.[12]

Die *Académie des sciences* war in Frankreich seit den 1720er Jahren die wichtigste wissenschaftliche Instanz. Sie steuerte und legitimierte die wissenschaftliche Forschung durch Gutachten und die Erteilung wissenschaftlicher Aufträge. Sie setzte Preise aus und sprach wissenschaftliche Anerkennung aus oder ab.[13] Erst seit 1871 sind Frauen dort als Mitglieder zugelassen. Davor sah man Frauen im Umfeld der Akademie bestenfalls als Bewunderinnen der Akademiker, die das in der männlichen Intimität der Akademie produzierte Wissen wertschätzen und verehren.[14]

Mit dieser Rolle der bewundernden Zuhörerin gab sich du Châtelet in Paris nicht zufrieden. Eine direkte Möglichkeit, sich an der wissenschaftlichen Diskussion zu beteiligen, boten die jährlich gestellten, akademischen Preisfragen zu einem wissenschaftlichen Problem. Weil die Preisschriften anonym eingereicht wurden, bleib ihr Geschlecht unerkannt, weswegen sie von der Teilnahme nicht ausgeschlossen wurde und so beteiligte sich Émilie du Châtelet, wie auch Voltaire, 1737 an einem von der *Académie des Sciences* ausgeschriebenen Wettbewerb mit der *Dissertation sur la nature et la propagation du feu*.[15]

Die Preisfragen waren für Frauen eine Möglichkeit, ihre wissenschaftliche Arbeit einem akademischen Expertenpublikum zu präsentieren. Durch die Anonymität konnten sie eine Stigmatisierung ihrer Texte im Vorfeld verhindern. Die Juroren beurteilten ihren Text nicht als Text einer Frau. Sie erhielten von Seiten der Akademie und der Akademiker eine fachliche Rückmeldung.[16] Nur wenn sie mit ihren wissenschaftlichen Entwürfen Erfolg hatten, d. h. wenn sie den ausgesetzten Preis gewinnen konnten oder eine 'ehrenvolle Erwähnung' erhielten, wurde ihre Zugehörigkeit zum weiblichen Geschlecht aufgedeckt. Die Bedingungen dieser Wettbewerbe stellten sich daher aus weiblicher Perspektive als relativ günstig dar, weil sie jedes Risiko ausschlossen. Denn ein Versagen, welches allgemein bekannt würde, konnte sich eine Wissenschaftlerin nicht erlauben, da jede Schwäche sofort als Beweis für das Vorurteil natürli-

---

11 John Colson übersetzte Agnesis „*Instituzioni analitiche*" ins Englische (*Analytical Institutions*: in Four Books. Orinally written in Italian by Donna Maria Gaetana Agnesi. London 1801).

12 Schiebinger 1993, S. 49.

13 Vgl. Voss 1980, S. 43–74.

14 Böttcher 2013, S. 77.

15 Klens 1994, S. 92.

16 Böttcher 2013, S. 78.

cher intellektueller Unterlegenheit der Frau gewertet und sie der Lächerlichkeit preisgegeben würde. Émilie du Châtelets Arbeit über die Natur des Feuers wurde jedoch in den Band der besten Arbeiten aufgenommen.[17]

Vermutlich steckt in den Forschungen, Ergebnissen und Publikationen des 18. Jahrhunderts noch weit mehr Frauenarbeit, als wir heute wissen, da die Beiträge vieler Frauen hinter den Namen ihrer Väter, Brüder und Männer unsichtbar bleiben und sie selbst ihre Arbeit oft als bloße „Hilfsarbeit" betrachteten. Aus der Klarheit der Wissenschaftlerinnen darüber, dass sie sich als Frauen unter ihrem Namen nur die Präsentation absolut fehlerfreier und perfekter Arbeiten leisten können, wenn sie eine unvergleichlich harsche über sie hereinbrechende Kritik vermeiden wollen, resultiert das Bedürfnis, sich vor jeder Veröffentlichung möglichst weitgehend abzusichern. Die andere Möglichkeit besteht darin, dem Problem auszuweichen, indem sie in der Anonymität bleiben. Dass diese Komplikationen Émilie du Châtelet und Maria Agnesi davon abgehalten haben, mehr zu publizieren, lässt sich angesichts der zahlreichen unveröffentlichten Manuskripte nur vermuten.[18]

---

17 Klens 1994, S. 59.
18 Ceranski 2000, S. 289 f.

Abbildung 6.1:
Der literarische Salon von Madame Geoffrin (1755)
Anicet Charles Gabriel Lemonnier, 1812 (Wikipedia)

Alternative zur Akademie: Die wissenschaftlichen Salons

Mit dem Aufblühen des Salonwesens im 18. Jahrhundert entstand für Frauen der gesellschaftlichen Elite eine spezielle Möglichkeit der Partizipation an Wissenschaft. Zu einer Zeit, in der in den großen französischen Städten kaum die Hälfte der Frauen in der Lage war, eine Unterschrift zu leisten,[1] wuchs in den Salons aus einer Minderheit eine Elite heran. Frauen konnten Gastgeberin bzw. Patronin eines Salons oder einer Akademie werden und so zumindest den Zugang zu gelehrter Konversation, wenn auch nicht immer zur Gelehrsamkeit als solcher, erwerben. Nicht wenige solcher Patroninnen ließen sich auch von Gelehrten aus dem Kreis ihrer Klientel privat unterrichten und gelangten so durchaus auf den wissenschaftlichen Stand ihrer Zeit. Salongeselligkeit schloss im Jahrhundert der Aufklärung also weibliche Gelehrsamkeit nicht aus. Hingegen blieben weiterbildende Schulen, Gymnasien, Universitäten, Akademien – abgesehen von wenigen Ausnahmen – den europäischen Frauen trotz Aufklärung weiterhin verschlossen.[2] Anspruchsvolle Bildung für Frauen und Mädchen blieb Privatangelegenheit und musste gegen religiöse, moralische und soziale Vorbehalte behauptet werden.[3]

Die großen Salons in Paris bieten das einzigartige Beispiel kultureller Einrichtungen, die ausschließlich von Frauen geführt wurden. Die französischen Salons des 17. und 18. Jahrhunderts wetteiferten mit den Akademien um die Aufmerksamkeit der Gelehrten. Richelieu soll bei der Schaffung der Französischen Akademie vom akademieartigen Salon der Madame de Rambouillet (1588–1665) inspiriert worden sein.[4] So ist es nicht verwunderlich, dass die Akademien zunächst selbst noch den Charakter von Salons hatten und Geselligkeit und Forschung miteinander verbanden. Später wurden Wissenschaft

---

1 Dulong 1997, S. 416f.
2 Als eine Ausnahme sei die *Akademie von Bologna* erwähnt, die gelehrte Frauen als Mitglieder aufnahm.
3 Wehinger 2008, S. 12.
4 Alic 1987, S. 200.

und Allgemeinbildung jedoch voneinander getrennt. Nur im Salon bewahrte der savant die alte Kombination von höfischer Eleganz und Gelehrsamkeit.[5] Die Versammlungen fanden in den prunkvollen Empfangs- oder Wohnräumen von Privathäusern statt, und trotz ihres informellen und privaten Charakters übten die Salons entscheidenden Einfluss auf öffentliche Angelegenheiten aus.[6]

Während Männer einen ungleich leichteren Zugang zu gelehrter und wissenschaftlicher Bildung hatten, war der Salon für die Frauen offiziell der einzige Versammlungsort, in welchem sie Themen besprechen konnten, die die Wissenschaft betrafen. Allerdings eigneten sich Salonkonversationen nicht zu wissenschaftlichen Diskussionen. Diese fanden weiterhin in Kaffeehäusern, Universitäten und Akademien statt. Dort hatten die Männer Gelegenheit zum wissenschaftlichen Austausch. Der Vorteil dieser Orte gegenüber der Konversation in den geselligen Salons war, dass sich dort tatsächlich wissenschaftliche Diskurse entfalten konnten. Im Salon verhinderte das höfische Konversationsideal tiefgründige wissenschaftliche Gespräche, da jeglicher Anschein gelehrter Pedanterie vermieden werden musste.[7]

Da die Frauen von den Akademien und Universitäten ausgeschlossen blieben, waren sie bei der Aneignung von Wissen auf männliche Vermittlung angewiesen, ob der Vermittler nun ihr Vater, ihr Ehemann, ihr Freund oder ihr Lehrer war.[8] Durch die Hierarchie der Ständegesellschaft war es möglich, dass Frauen sozial untergeordneten Wissenschaftlern ihre Patronage anbieten und im Gegenzug dafür Zugang zu den Wissenschaften (oder auch Künsten) gewinnen konnten. Einschränkend muss jedoch betont werden, dass eine ernsthafte wissenschaftliche Tätigkeit der Patroninnen selbst nicht vorgesehen war, vielmehr sollten sie die (männlichen) Wissenschaftler fördern. Einige wenige Frauen allerdings ließen es sich nicht verwehren, über diese passive Partizipation hinaus sich auch aktiv wissenschaftlich zu betätigen.[9]

Die salonspezifische Sozialisation bestärkte die Frauen adliger und bürgerlicher Herkunft in ihrem Bildungsinteresse und förderte ihr Selbstbewusstsein als Schriftstellerinnen, Briefautorinnen oder Übersetzerinnen.[10] Und auch sollte man die Möglichkeiten dieser Frauen, Karrieren zu „machen" oder zu zerstören, nicht unterschätzen. Von Madame Anne Thérèse Lambert (1647–1733)

---

5 Schiebinger 1993, S. 55 f.
6 Vgl. Malueg 1984, S. 260.
7 Böttcher 2013, S. 75.
8 Outram 1987, S. 19.
9 Ceranski 2000, S. 290.
10 Wehinger 2008, S. 12.

sagte man, sie habe so manches Akademiemitglied „gemacht" und der Salon von Madame Jeanne Julie de Lespinasse (1732–1776) wurde das „Laboratorium der *Encyclopédie*" genannt.[11]

Abbildung 6.2:
Königin Christina von Schweden (1626–1689) und René Descartes (1596–1650)
Nils Forsberg 1884 nach Pierre Louis Dumesnil (1698–1781) (Wikipedia)

Standesprivilegien erlaubten es Christina von Schweden (1626–1689), René Descartes (1596–1650) als Privatlehrer und philosophischen Ratgeber an ihren

---

11 Vgl. Malueg 1987, S. 260.

Hof zu ziehen. Gesellschaftlicher Rang und Beziehungen brachten Margaret Cavendish (1623–1673), Herzogin von Newcastle, in Berührung mit Kreisen, in denen Thomas Hobbes (1588–1679) und Descartes als Gäste verkehrten. Ihr Landsitz in Cirey erlaubte es Émilie du Châtelet, Voltaire und seinen Anhängern ein Obdach zu bieten und der Palazzo Agnesi erlaubte es Wissenschaftlern, die dort zu Gast waren, internationale Verbindungen knüpfen.[12]

Andererseits muss betont werden, dass die Macht der *salonnières* denselben Einschränkungen unterlag wie der Einfluss der meisten Frauen an den Fürstenhöfen des Landes: Sie dienten als geheime Drahtzieherinnen hinter den Kulissen, aber auf den Thronen saßen die Männer. Während Frauen ihre Beziehungen spielen ließen, um die Wahl „ihres" Kandidaten in die *Académie Royale des Sciences* durchzusetzen, hatten sie selbst nicht die geringste Aussicht, gewählt zu werden. Und während des ganzen 17. und 18. Jahrhunderts protegierten sie ausschließlich junge Männer, nicht junge Frauen.[13]

Das mondäne Leben in den Pariser Salons und die Nähe zur Akademie der Wissenschaften ermöglichte Émilie du Châtelet den Kontakt zu bedeutenden Literaten, Gelehrten und Akademikern ihrer Zeit. So lernte du Châtelet, neben ihrem späteren Lebensgefährten Voltaire, auch die jungen Akademiker Maupertuis und Clairaut in Salons kennen. Diese persönlichen Kontakte milderten die formalen Zugangssperren zu den Wissenschaften, die für Frauen damals bestanden, ab.[14]

Zu Gunsten ihres Studiums der Mathematik und der Naturphilosophie verzichtete du Châtelet jedoch auf den Ruf, eine große Salonière zu sein. Weder in Paris noch auf ihrem Landsitz in Cirey unterhielt sie einen eigenen regelmäßigen Salon. Ihre Studienzeiten waren ihr wichtiger, so dass sie nach damaligen Maßstäben selten Einladungen aussprach, um ihren Tagesablauf nicht an etwaige Besucher anpassen zu müssen.[15] Weniger zurückhaltend war sie allerdings bei der Einladung von Akademikern und Wissenschaftlern, mit denen sie ihre Interessen teilen konnte. Als Gast konnte du Châtelet ihre Gastgeber sehr enttäuschen, denn es kam vor, dass sie Geselligkeiten und gemeinsamen Vergnügen ihrer Gastgeber fernblieb, weil ihr Drang zu studieren größer war. Sie bevorzugte die Einsamkeit ihres Studienzimmers und brüskierte somit ihre Gastgeber. Denn nicht nur die Gastgeber waren ihren Gästen verpflichtet. Die Gäste hatten die Pflicht, zum Gelingen einer Gesellschaft beizutragen.[16]

---

12 Schiebinger 1993, S. 104.
13 Schiebinger 1993, S. 57.
14 Böttcher 2013, S. 87.
15 Ebd., S. 82.
16 Möbius 1982, S. 109.

Bei Maria Agnesis hingegen gingen ihre *Propositiones philosophicae* aus dem Salon im Hause ihrer Familie hervor. Sie beziehen sich auf erkenntnistheoretische und naturphilosophische Referate Agnesis, die sie, nachdem sie ihre Thesen überdacht sowie eine Argumentation entworfen hatte, im Kreise von Gelehrten frei vorgetragen und zur Diskussion gestellt hat. Die Ergebnisse dieser Disputation hat sie von Einwänden befreit und nach gründlicher Überarbeitung der Öffentlichkeit vorgelegt.[17]

Agnesi überträgt ihre dialogische Methode aus den Diskussionen, die in dem regelmäßigen Salon stattfanden, auf ihre Schrift. An vielen Stellen ihrer Abhandlung stellt sie sämtliche überlieferten älteren und neueren Auffassungen zu einem Problem dar, um aus diesen einen Lösungsansatz begründet auszuwählen. Obwohl sie in den *Propositiones philosophicae* ihre Ergebnisse zum Teil nur thesenhaft präsentiert, ohne die einzelnen Argumentationsschritte konkret anzugeben, kann man sich umgekehrt vorstellen, wie sie in den 'akademischen Veranstaltungen' ihre nach eingehender Prüfung für wahr befundenen Erkenntnisse gegenüber widersprechenden Positionen verteidigt hat, so dass ihre Entscheidung für eine bestimmte Auffassung den Zuhörern einsichtig wird.[18]

---

17 Vgl. Maria Gaetana Agnesi: Propositiones philosphicae, Mailand 1738, Widmung an Belloni.
18 Klens 1994, S. 146.

Abbildung 7.1:
Gelehrte Frauen
Tobias Lohner, S.J. (1619–1697): Instructissima bibliotheca manualis
concionatoria in qua de virtutibus, vitiis, sacramentis ... Dillingen 1681.

Die große Diskussion des 18. Jahrhunderts über gelehrte Frauen

Man nannte das 18. Jahrhundert das Jahrhundert der Aufklärung, oder auch der Philosophie. Wenn man aber mit dem Anspruch begründeter Argumentation ein zutreffendes Etikett durch eine Häufigkeitsstatistik der behandelten Themen nachträglich bestimmen wollte, käme möglicherweise ein „Jahrhundert der Diskussion über Frauenzimmer" heraus. Wohlgemerkt: nicht ein Jahrhundert des Frauenzimmers, sondern der Diskussion über sie. Nach damaligem Verständnis des Begriffs „Frauenzimmer" waren „in der Regel vornehme, wohlgesittete" oder auch „feine, gebildete" Frauen gemeint. Und eben die Bildung und Gelehrsamkeit dieser Frauen avancierte im 18. Jahrhundert zu einem Dauerthema. Denn um Mitte des 18. Jahrhunderts wurde den Frauen ein grundsätzliches Recht auf Bildung und Gelehrsamkeit nicht mehr abgesprochen. Frauen sollten nicht länger ausgegrenzt bleiben, ihr Anspruch auf Teilhabe an Bildung und ihr Recht auf Einbindung in Wissenschaft und Gelehrsamkeit wurde im Grundsatz akzeptiert. Doch es gab durchaus kontroverse Auffassungen hinsichtlich einer Realisierung dieses Anspruchs und es folgte eine lang andauernde Debatte um Inhalt und Umfang dieser Bildung.[1] Bis ins 20. Jahrhundert hinein sind die wenigen Frauen, die sich mit den „abstrakten Wissenschaften" befassen wollten, von den Männern als Eindringlinge betrachtet worden. Theologie, Philosophie und Naturwissenschaften bildeten einen Bereich, der den Männern vorbehalten war, als vornehmstes Insignium der Männlichkeit.[2]

Immer wieder haben die Männer ihnen unter den verschiedensten Vorwänden den Zutritt verwehrt. Ein vorrangiger Grund liegt darin, dass die Männer allem Anschein nach vor einer Gleichstellung der Geschlechter einen regelrechten Horror empfanden. In einer Frau, die sich mit Wissenschaften oder Philosophie befasst, sahen die Männer, die die Vernunft zum Vorrecht ihres Geschlechts erklärt haben, so etwas wie eine Verdoppelung oder ein Äquivalent ihrer selbst. Ein zweites Motiv für den Ausschluss der Frauen aus dem Bereich der Ab-

1 Radbruch 2008, S. 16.
2 Badinter 1984, S. 144.

straktion lag in der Bestimmung, die man ihnen aufzwang. Die Männer hatten sich die höheren Sphären vorbehalten und den Frauen lediglich die Materie, die Fortpflanzung und die Zersetzung überlassen. Wenn sie jedoch die ihnen zugewiesene Rolle ablehnten und sich die Rolle des Herrn anmaßten – wer würde dann die Aufgaben des Knechts übernehmen? Ein uraltes Problem, dessen Lösung im 18. Jahrhundert nicht einen Schritt vorangekommen ist. Während man in dieser Zeit allmählich ernsthaft über die Erziehung der Frauen nachzudenken begann, legten die kühnsten Denker deren Grenzen noch immer im Hinblick auf die Bestimmung und die Pflichten der Frau fest.[3]

Im Gegensatz zu den Auseinandersetzungen über Frauengelehrsamkeit im 17. Jahrhundert, der „querelle des femmes" (die ihren Ursprung allerdings schon viel früher hatte), in denen neben traditionellen auch schon tolerante Haltungen zur Frauenfrage vertreten werden, zeichnet sich die Diskussion im 18. Jahrhundert wieder durch ein stärker diskriminierendes Denken aus,[4] welches die anfänglichen kontrastierenden Positionen in einem einzigen dominierenden Standpunkt vereinheitlicht. Aussagen wie von Joseph Freiherr von Knigge (1752–1796):

> „Ich muss gestehen, dass mich immer eine Art von Fieberfrost befällt, wenn man mich in Gesellschaft einer Dame gegenüber oder an die Seite setzt, die große Ansprüche auf Schöngeisterei, oder gar auf Gelehrsamkeit macht."[5]

zitiert aus der Anstandsfibel *Über den Umgang mit Menschen*, sind noch von vergleichbar harmloser Natur im Gegensatz zu Meinungen anderer Autoren dieser Zeit, wie etwa Paul J. Möbius.[6]

7.1 Die Meinung über „die Natur der Frau" in der Literatur

Während der ersten Hälfte des 18. Jahrhunderts gewann eine neue Art der frauenfeindlichen Literatur, welche betonte, dass die physischen Gegebenheiten der Frau Grund waren für die Minderwertigkeit des weiblichen Geistes, an Kraft. Während die traditionellen Argumente gegen die Schulbildung von Frauen und ihre Teilnahme am intellektuellen Leben auf der moralischen und gesellschaftlichen Störungen die sich daraus ergaben basierten, bedienten sich diese neu-

---

3 Badinter 1984, S. 145.
4 Vgl. Gössmann 1985, S. 7–21.
5 Knigge 1788 / 1991, S. 205.
6 Vgl. Gössmann 1985, S. 7–21.

en philosophischen Argumente einer angenommenen objektiven Bewertung der ungleichen körperlichen Struktur des weiblichen Körpers und Geistes, wodurch die Debatte zunehmend in Richtung der Physiologie verschoben wurde.[7]

Die beginnende Deklassierung des weiblichen Geschlechts manifestiert sich schon in der *Encyclopédie* von Diderot und d'Alembert, wo mit einer Differenzierung der Eigenschaften von Mann und Frau die Voraussetzung für ihre unterschiedliche Bewertung geschaffen wird. Die allgemeine Definition des 'Menschen' bezieht sich bei genauerer Betrachtung auf die männliche Hälfte der Menschheit. Während der Begriff 'Frau' getrennt von der Bestimmung des 'Menschen' definiert wird, findet sich kein Artikel über den 'Mann'.[8] Daraus lässt sich schließen, dass die Bedeutung 'Mensch' und 'Mann', die im Französischen mit dem gleichlautenden Wort *homme* benannt sind, identifiziert werden. Die Frau wird dadurch zwar nicht explizit aus der Gattung 'Mensch' ausgeschlossen,[9] denn sie wird als *femelle de l'homme* bezeichnet, aber im Gegensatz zu den biologischen Eigenschaften kommt ihr die spezifisch menschliche Vernunft, die den Menschen vom Tier unterscheidet, nicht zu, denn implizit wird dieses Merkmal nur dem Mann zugesprochen. Das Menschsein der Frau beschränkt sich auf ihre geschlechtliche Bestimmung. Der menschliche Wert von Männern und Frauen wird zwar an ihrer gesellschaftlichen Nützlichkeit gemessen, doch wird beim Mann darunter produktive Tätigkeit praktischer oder theoretischer Art verstanden, die als Vernunftsleistung dem Fortschritt der Menschheit dient. Währenddessen wird die soziale Bedeutung der Frau mit ihrer biologischen Fähigkeit, menschliches Leben zu gebären, gleichgesetzt.[10]

Die unterschiedliche Definition der Geschlechter in der *Encyclopédie* hat zur Folge, dass der Mann unter dem Gesichtspunkt seiner geistigen Vervollkommnung, die Frau unter dem ihrer moralischen Perfektionierung, d. h. unter dem Aspekt ihrer Sexualmoral, betrachtet wird. Daher scheint es nicht widersprüchlich, dass die Enzyklopädisten, die sich doch als Aufgabe gestellt hatten, das gesamte Wissen ihrer Zeit in systematischen Begründungszusammenhang zu präsentieren, um Aufklärung durch umfassende Unterrichtung zu erzielen, für das Problem weiblicher Gelehrsamkeit und die Frage einer wissenschaftlichen

---

7 Mazzotti 2007, S. 162.

8 Diderot & d'Alembert: *Encyclopédie ou Dictionnaire raisonné des Sciences, des Arts et des Métiers.* Paris, Bd. 3, 1765.

9 Sogar die Zugehörigkeit der Frau zur Gattung 'Mensch' ist nicht immer eine Selbstverständlichkeit gewesen, sondern ist in der Querelle des Femmes auch vehement bestritten worden. (vgl. dazu Gössmann: Ob die Weiber Menschn seyn, oder nicht? 1988.

10 Klens 1994, S. 25.

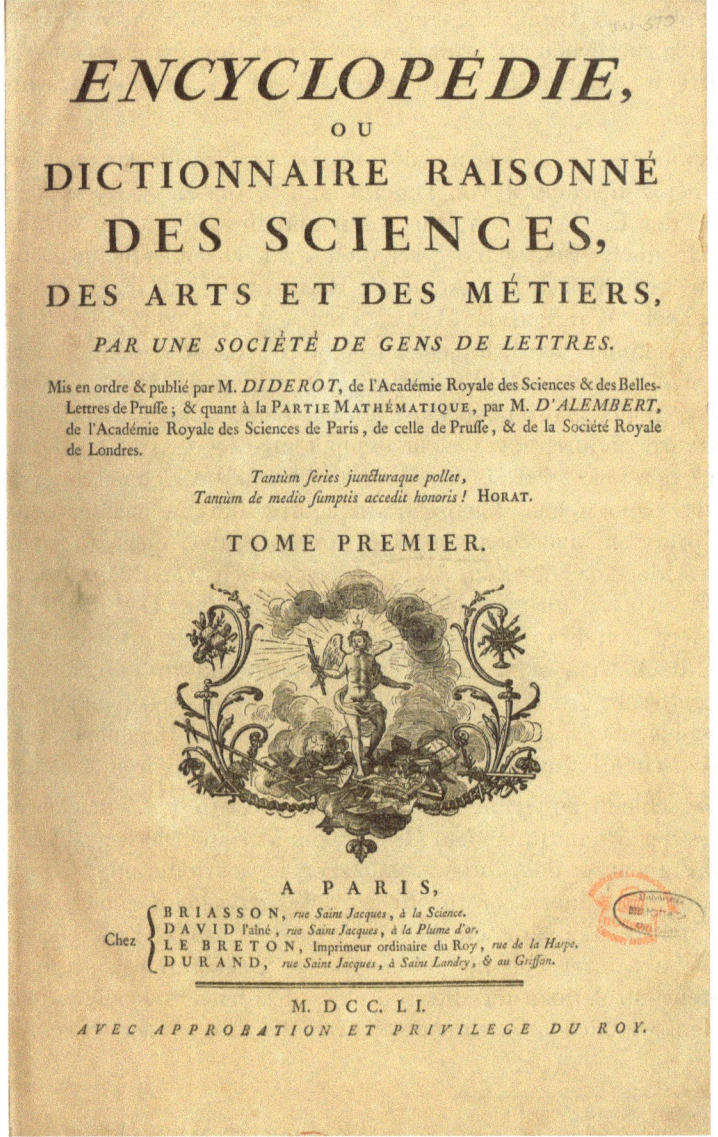

Abbildung 7.2:
Encyclopédie ou Dictionnaire raisonné des Sciences, des Arts et des Métiers, 1765
herausgegeben von Diderot (1713–1784) und d'Alembert (1717–1783)
(Wikipedia)

Bildung für Frauen kein Interesse aufbringen und die Ansichten der feministischen Autoren der Frühaufklärung nicht berücksichtigen.[11]

Die von den Enzyklopädisten stillschweigend vertretene Ablehnung des wissenschaftlichen Frauenstudiums verbindet sich noch nicht mit dem Versuch, Frauen die Fähigkeit zu vernünftigem Denken *prinzipiell* abzusprechen. Ihre Auffassung kommt in der Geschlechtertheorie Rousseaus zu einem vorläufigen Abschluss und erreicht ihren Höhepunkt. Sie liefert das passende theoretische Fundament für die sich konstituierende bürgerliche Gesellschaft, indem sie noch deutlicher als die Enzyklopädisten die These formuliert, Mann und Frau seien von Natur aus nicht nur in biologischer, sondern in psychischer und geistiger Hinsicht grundsätzlich voneinander verschiedene, sich dennoch gegenseitig ergänzende Wesen.[12]

Da ein systematischer Unterricht für Frauen nicht vorgesehen war, Gymnasien noch nicht existierten und Universitäten ihnen teils verschlossen blieben oder zumindest schwer zugänglich waren, erwarben Frauen des gehobenen Bürgertums und des Adels im ausgehenden 18. Jahrhundert ihre Bildung im Wesentlichen autodidaktisch. In zahlreichen autobiographischen Schriften bemängeln zeitgenössische Frauen die fehlenden oder mangelhaften Bildungsmöglichkeiten und wünschten sich sehnlichst eine Änderung der Situation.[13] Teilweise bekamen sie Bildungsanregungen durch männliche Förderer (Väter, Brüder Freunde des Elternhauses, Partner) oder hatten private Hauslehrer. In der überwiegend autodidaktischen Bildungsaneignung hatte die Lektüre eine herausragende Position. War das Lesen für das aufgeklärte Bürgertum überhaupt das Mittel, sich Bildung anzueignen und sich damit ein eigenes Profil zu schaffen, so war für die Frauen das Lesen nahezu die einzige Möglichkeit, Bildung zu erwerben. Lektüre, und unterstützend dazu gesellige Kreise und Briefwechsel, in denen die Lektüre Gegenstand der Kommunikation war, bildeten Orte und Medien weiblicher Selbstbildung. Bereits in der Frühaufklärung wurde die Bildungsaneignung durch Lektüre propagiert. Die Moralischen Wochenschriften unterstützten vor allem die geistige Bildung und trugen durch ihre „Frauenzimmerbibliotheken" bzw. „Damenbibliotheken" (es waren Sammlungen von Lektüre-Hinweisen) zur Ausbreitung der Lesekultur auch unter Frauen bei.[14]

Die Moralischen Wochenschriften waren das wichtigste Forum für die Diskussion einer neuen Rolle der Frau in Bezug auf Bildung und Gelehrsamkeit im 18. Jahrhundert.[15] Eine davon, Der Gesellige, befasste sich in den Jahren

---

11 Steinbrügge 1983, S. 44.
12 Bennent 1985, S. 91.
13 Felden 1996, S. 39.
14 Ebd., S. 40.
15 Radbruch 2008, S. 16.

1748 bis 1750 mehrfach mit dieser Problematik. Zunächst wird den Frauen ein Kompliment gemacht:

> *„Das schöne Geschlecht ist unstreitig die beste Schule der Gesellig-*
> *keit. Die Mannspersonen würden gar balde in lauter Barbaren aus-*
> *arten, wenn sie sich von allem Umgange mit dem Frauenzimmer*
> *auf ewig absonderten.“*[16]

Es wird dann ausgeführt, dass diese Gesellgkeit nur durch Gespräche mit Niveau realisiert werden könne und somit als Ziel anzustreben sei, *„dass ein vernünftiger Mann mit einem Frauenzimmer ein nützliches, angenehmes, tugendhaftes und geistreiches Gespräch führe“*[17] .

Dazu aber bedarf es des gelehrten Frauenzimmers, und deshalb habe der Autor damit begonnen, ein gelehrtes Frauenzimmer zu schildern.

> *„Ich habe nicht nur die Nothwendigkeit der Gelehrsamkeit bey ei-*
> *nem geselligen artigen Kinde erwiesen; sondern ich habe auch über-*
> *haupt dargethan, dass dieselbe anders beschaffen seyn müsse, als die*
> *Gelehrsamkeit eines Mannes.“*[18]

Worin sollen nun diese Unterschiede bestehen?

> *„Die Gelehrsamkeit eines Frauenzimmers muss mehr weitläufig als*
> *gründlich seyn; es muss sehr viel, aber nichts recht gründlich wis-*
> *sen.*"[19]

Das ist also eine unüberhörbare Forderung nach umfangreicher Quantität, gepaart mit niederer Qualität. Wenn nun den Frauen Bildung und Gelehrsamkeit nicht nur zugestanden, sondern primär im Interesse der Männer(!) sogar abverlangt werden, so kann vorläufig von einer Gleichbehandlung nicht die Rede sein und von Gleichberechtigung oder Chancengleichheit sind sowohl Praxis als auch Theorie noch ein gutes Stück entfernt.[20]

Auch noch der relativ fortschrittliche Entwurf einer Akademie für Frauenzimmer von Johann Daniel Hensel aus den Jahren 1787–88 sieht zwar generell Unterricht in Naturwissenschaften, Philosophie, Musik und Fremdsprachen für alle Schülerinnen verbindlich vor, jedoch Mathematik nur „für besondere Genies".[21]

---

16 Der Gesellige, eine moralische Wochenschrift, Halle (1748–1750), S. 129.
17 Ebd., S. 134.
18 Ebd., S. 353
19 Ebd., S. 357.
20 Radbruch 2008, S. 17.
21 Blochmann 1966, S. 99.

Das Vorurteil der Minderwertigkeit weiblichen Denkvermögens generell und insbesondere ihrer mathematischen Fähigkeiten hat neben seinen persönlichen Auswirkungen auf Wissenschaftlerinnen auch gravierende Folgen für die Bewertung ihrer Forschungsarbeit. Um ungeachtet der Existenz zahlreicher erfolgreicher Mathematikerinnen, die trotz widrigster Umstände in der Geschichte nicht resigniert haben, an diesem Vorurteil festhalten zu können, werden verschiedenen Strategien verfolgt. Zum einen ist es üblich, wissenschaftliche Leistungen von Frauen abzuwerten, sie zu ignorieren oder sie den Frauen abzusprechen. Andererseits kann an den theoretischen Ausführungen von Frauen auch Kritik geübt werden, die in Form eines unehrlichen und häufig zugleich überschwänglichen Lobes kommuniziert wird, womit die jeweiligen Frauen als Wissenschaftlerinnen ebenfalls nicht ernst genommen und anerkannt werden. Als dritte Variante kommt noch die Möglichkeit dazu, eine Wissenschaftlerin als Frau in Frage zu stellen, um sie zu diskreditieren und damit ihre wissenschaftliche Leistung zu schmälern.[22]

Da vernünftige und angemessene Kritik aber eine unentbehrliche Voraussetzung für kontinuierliche wissenschaftliche Spitzenleistung ist, wirkt sich deren Fehlen als ausgesprochene Belastung für jede Forschungsarbeit aus. Mit unterschiedlichen Mitteln wird also versucht, die Bedeutungslosigkeit weiblicher Forschung für die gesamte Mathematikgeschichte zu beweisen, um folgende ideologisch bedingte 'Feststellung' nicht revidieren zu müssen:

> *„Niemand wird bezweifeln, dass die Mathematik sich ebenso günstig entwickelt haben würde, wenn die [...] weiblichen Mathematiker nicht gelebt hätten. Keine hat etwas Wesentliches geleistet, neue Methoden erdacht."*[23]

Da Paul Möbius nicht abstreiten kann, dass es hochqualifizierte Mathematikerinnen gegeben hat, versucht er, bei ihnen 'krankhafte Abweichungen' nachzuweisen, denn ein 'mathematisches Weib ist wider der Natur, in gewissem Sinne ein Zwitter'. Er stellt fest: „Die Châtelet in ihrer Schamlosigkeit stellt den schlimmsten Typus eines entarteten Weibes dar."[24]

Dass ihre Befürchtungen berechtigt sind, als Frauen mit ihren Werken nicht objektiv bewertet zu werden, verdeutlicht folgendes Zitat, welches die gelehrte Frau in doppelter Hinsicht disqualifiziert, indem ihr Unweiblichkeit vorgeworfen und von vorneherein jeder eigene wissenschaftliche Verdienst aberkannt wird:

> *„Außerhalb ihres Hauses wirkt sie überall lächerlich und setzt sich einer sehr gerechten Kritik aus, denn diese kann nicht ausbleiben,*

---

22 Klens 1994, S. 51 f.
23 Möbius 1907, S. 86.
24 Möbius 1907, S. 86.

wenn man seinen Stand verlässt und einen annehmen möchte, für den man nicht geschaffen ist. All diese hochbegabten Frauen machen nur den dummen Eindruck. Man weiß immer, wer der Künstler oder Freund ist, der die Feder oder den Pinsel hält, wenn sie arbeiten; man weiß, wer der diskrete Gelehrte ist, der ihnen insgeheim ihre Orakel diktiert. Diese ganze Scharlatanerie ist einer ehrbaren Frau unwürdig."[25]

Das einzige Gebiet, auf dem Frauen sich geistig betätigen durften, war die Literatur, genauer, der Roman oder die Komödie. Verließen sie dieses Gebiet, das vor allem Phantasie und Einfühlung verlangt, so liefen sie Gefahr, als schulmeisterlich zu erscheinen. Wagten sich Frauen auf das Gebiet der reinen Vernunft, so sahen die einen darin eine Gefahr, die anderen eine unerträgliche Anmaßung.[26]

Zudem wurden diese Frauen mit den mythologischen Bildern der Amazonen, Musen oder Göttinnen – vor allem Minerva – beschrieben und waren damit keine leibhaftigen Frauen mehr, sondern auf ewig der Jungfräulichkeit und der Keuschheit verpflichtet.[27]

Mit einer derartigen Prägung weiblicher Gelehrsamkeit, die die Identität der betroffenen Frauen im Kern berührte, war zugleich gewährleistet, dass gelehrte Frauen eine Ausnahmeerscheinung blieben.[28]

Doch gab es auch Befürworter der Gleichberechtigung: Theodor Gottlieb von Hippel (1741–1796) war Autor eines in vier Auflagen erschienen Traktates Über die Ehe (1774); ein Text in welchem er von Auflage zu Auflage seine Ansicht wandelte. Postulierte er in der ersten Auflage noch: *„Den Männern kommt das Regiment zu"*, erklärte er später, die Französische Revolution habe nur eine Hälfte der Nation befreit, nämlich die männliche.[29]

Später kam er zu der Einsicht, dass es unverzeihlich sei,
„die Hälfte der menschlichen Kräfte ungekannt, ungeschätzt und ungebraucht schlummern zu lassen. Lasst uns auf den Zeitpunkt freuen", forderte er, *„wo der Tag der Erlösung für das schöne Geschlecht anbrechen wird, wenn man Menschen, die zu gleichen Rechten berufen sind, nicht mehr in der Ausübung derselben behindert – und*

---

25 Rousseau: Émile oder Über die Erziehung, 1762 / 1990, S. 819.
26 Badinter 1984, S. 149.
27 Die Verbindlichkeit des Keuschheitsideals zeigt sich neben den Stilisierungen an der Ausdauer, mit der Frauen für ihre Keuschheit gepriesen wurden, ebenso wie daran, dass Attacken gegen sie stets genau an diesem Punkt ansetzten, sie der Unkeuschheit, schlimmer noch, des Inzests beschuldigen.
28 Ceranski 2000, S. 291 f.
29 Söhn 2003, S. 7.

wenn man das, was so augenscheinlich gleich ist, nicht so willkürlich unterscheidet".[30]

Ausgangspunkt seiner weitschweifigen Auslassung war der Grundgedanke, dass es von der Schöpfung her keinerlei Anhalt dafür gebe, dass die Frauen unterprivilegiert seien, einerlei auf welchem Gebiet, sei es in der Kunst, der Wissenschaft, der Politik, dem Handwerk oder sonst wo. Die Verhältnisse seien jedoch so, dass die Frauen zwar Privilegien hätten, aber keine Rechte. Hippels Maxime:

„Die nachzuholende Bildung der Frauen ist die Voraussetzung für die Emanzipation [...] Durch Erziehung, Unterricht und Erfahrung sollen sie das Ziel erreichen, dessen sie so würdig sind [...] Man erziehe Bürger für den Staat, ohne Rücksicht auf den Geschlechterunterschied."[31]

Mit dem Fortschreiten des Jahrhunderts nahmen die Ideen einer umfassenden Unterweisung für Frauen mehr und mehr Gestalt an. Das Recht auf Ausbildung gehört zu den traditionellen Themen der *„querelle des femmes"*. Zusätzlich zu den bislang vorgestellten Möglichkeiten, die sich auf Individuen beziehen, bot sich den Frauen im Zuge der Aufklärung ein neuer kollektiver Zugang zu Bildung und Wissenschaft: Sie wurden im späten 17. Jahrhundert und im 18. Jahrhundert in ganz Mitteleuropa als Publikum für die populäre Darstellung (natur-) philosophischer Erkenntnisse entdeckt. Als Wegbereiter ist Descartes zu betrachten, der seine *Principia Philosophiae* 1644 Elisabeth von Böhmen gewidmet hatte[32] und in seinem Briefwechsel mit ihr und anderen hochgestellten gebildeten Frauen wiederholt zum Ausdruck gebracht hatte, dass er das weibliche Geschlecht für fähig und würdig befand, sich mit der Philosophie zu beschäftigen. Während Descartes selbst keine spezielle Abhandlung für Frauen schrieb, eröffnete er mit dieser Haltung den Weg zu einer ganz neuen Gattung der wissenschaftlichen Literatur: Beginnend mit der Abhandlung *Sur la pluralité des mondes* von Fontenelle, dem Sekretär der Pariser Académie des Sciences, entstand eine regelrechte Industrie populärwissenschaftlicher Schriften, und (im 18. Jahrhundert) flankierender experimenteller Vorführungen zu den verschiedensten wissenschaftlichen Themen wie Astronomie, Kosmologie,

---

30 Ebd., S. 7.
31 Söhn 2003, S. 8.
32 Elisabeth von Böhmen wurde auf diese Weise von Descartes als Patronin reklamiert. Widmungen gehörten zu den wichtigsten Ausdrucksformen gelehrter Patronagebeziehungen.

(Newtonsche) Optik, Pneumatik, Elektrizitätslehre usw.[33] Dabei wurden Frauen nicht nur explizit als Zielgruppe genannt, sondern selbst als Akteurinnen vorgestellt, wenn auch in der Rolle der Rezipierenden. Denn die beliebteste populärwissenschaftliche Darstellungsform war der Dialog, und sehr oft enthielten die Bücher eine Art „Rahmenhandlung", die eine Frau, vorzugsweise eine Marquise, in den Mittelpunkt stellten. Letztere lässt sich im Gespräch mit einem Philosophen in die Physik und Astronomie einführen. Die fiktive Schülerin hatte dabei stets einen hohen sozialen Rang inne, d. h. die Darstellung griff auf das Modell der Patronin[34] zurück.[35]

All diese Werke wollen wissenschaftliche Phänomene unter 'lachenden' Zügen darstellen. Dieses geschieht meistens in Form von Gesprächen oder Briefen.[36] Zur Einführung in die neuen naturwissenschaftlichen Modelle gab es Werke, wie die „Konversation über die Pluralität der Welten" von Bernard de Fontenelle (1657–1757), ein Dialog zwischen einem Philosophen und der Marquise von G., wobei letztere in die Feinheiten des kopernikanischen Universums eingewiesen wird. Der Ton solch fiktiver Konversationen war eher herablassend, da „eine Frau zwar den Geist für wissenschaftliche Entdeckungen haben mag, aber sie kann nur darangehen wie an einen Roman oder eine Erzählung, wo sie schließlich die Handlung oder die Verwirklichungen auch begreift"[37]

In Italien benutzte Francesco Algarotti (1712–1764) die Form des Gesprächs zwischen Philosoph und „scientific lady", um die Newtonschen Prinzipien der Physik und der Optik darzulegen. Elisabeth Carter (1717–1806) übersetzte dieses Werk ins Englische für die Gesellschaft der „Blaustrümpfe" – ein Salon für Wissenschaftler und Intellektuelle, dessen Name von der exzentrischen Kleidung des Botanikers Benjamin Stillingfleet (1702–1771) abgeleitet wurde und später zu einem abfälligen Beiwort für gebildete Frauen wurde. Auch zahlreiche Zeitschriften richteten Frauenseiten ein, die im Frage- und Antwortstil mathematische und physikalische Probleme lösten. „Der Frauenalmanach" schrieb in der Einführung zur Ausgabe von 1718:

> „Um die übrigen Angehörigen des schönen Geschlechts zu ermutigen, sich mit mathematischen und philosophischen Wissen zu befassen, mögen sie hier sehen, dass ihr Geschlecht ein ebenso klares

---

33 Neben Fontenelle ist die Abhandlung von Francesco Algarotti über Newtonsche Optik (*Il newtonianismo per le dame*) zu erwähnen, die schnell ins Französische und andere Sprachen übersetzt wurde.

34 Siehe Kapitel 6 Alternative zur Akademie: Die wissenschaftlichen Salons, S. 55.

35 Ceranski 2000, S. 293.

36 Peiffer 1992, S. 222.

37 Fontenelle, Bernard de: „Weeks Conversation on the Plurality of Worlds." Transl. by Wiliam Gardener. London 1737.

*Urteil, einen so raschen, lebendigen Geist, so intuitives Genie und
so scharfsinniges Unterscheidungsvermögen hat wie wir – und dass
es damit die schwierigsten Probleme angehen kann."*[38]

Viele Frauen nutzten diese Zeitungen zur mathematischen Weiterbildung, sand-
ten Lösungen ein oder stellten sich selbst Aufgaben. Frauen begannen inzwischen auch selbst, eigene Bücher und Zeitschriften herauszugeben. Werke
wie Eliza Haywoods (1693–1756) *„Epistles for the Ladies"* (1749–1751), vgl.
Abb. 13.1, S. 132, wurden durch den breiten Raum, den sie der Erklärung naturwissenschaftlicher Entdeckungen wie dem Mikroskop einräumten, sehr po-
pulär. Aber wie die meisten wissenschaftlichen Werke für Frauen des 18. Jahrhunderts, waren Naturgeschichte und Astronomie hoffnungslos mit Theologie
und Astrologie verbunden.[39]

Man erkennt in den Schriften der Lehrenden oft auch die Angst davor, dass
studierte Frauen sich gegen die ihnen zugewiesene untergeordnete Rolle auf-
lehnen könnten. Deshalb wird immer wieder der Rat gegeben, sich mit den
erworbenen Kenntnissen nicht hervorzutun. Die gelehrten Frauen werden immer als kleinlich, langweilig und lächerlich dargestellt denn sie bedrohen ja die
herkömmliche Rollenverteilung zwischen den Geschlechtern.[40]

Die erste Hälfte des 18. Jahrhunderts, in die die wissenschaftliche Tätigkeit
von Agnesi und du Châtelet fällt, ist also von einer geistigen Atmosphäre geprägt, die sich gegenüber der aktiven Wissenschaftlerin als relativ aufgeschlossen erweist. Trotz dieser höheren Toleranz gegenüber der *femme savante* auf
der symbolischen Ebene, gegen die wiederholt Einspruch erhoben wird, werden
die einer Forscherin im Wege stehenden sozialen und individuellen Barrieren
nicht abgebaut, so dass Frauen mit wissenschaftlichen Ambitionen auch am
Anfang des 18. Jahrhunderts gegenüber Männern erheblich benachteiligt sind.

---

38 Reynolds 1920.
39 Denz 1994, S. 16.
40 Peiffer 1992, S. 220.

Abbildung 8.1:
Voltaires *Elémens de la philosophie de Newton* (1738)
(Wikipedia)

„Weibliche Bescheidenheit"

Obwohl Agnesi und du Châtelet ihr mathematisches Talent ausgesprochen zielstrebig gegen erhebliche Widerstände zur Entfaltung zu bringen suchen, gelingt es ihnen nicht, der lähmenden Wirkung des bestehenden Vorurteils ganz und gar zu entkommen. Die dominierende Auffassung, Frauen seien von Natur aus weniger begabt für Mathematik als Männer, hinterlässt auch bei ihnen ihre Spuren. Dass sie angesichts zahlreicher auftretender Schwierigkeiten an ihren eigenen intellektuellen Fähigkeiten zweifeln, statt die symbolische oder strukturelle Diskriminierung für ihre komplizierte Lage verantwortlich zu machen, deutet darauf hin, dass sie die gängigen Weiblichkeitsvorstellungen partiell selbst internalisiert haben. Sie neigen dazu, wenn sie in ihrer wissenschaftlichen Tätigkeit nicht – wie gewünscht – vorankommen, dieses prompt als Zeichen für fehlendes Talent zu werten, denn auch sie können dem permanenten Druck des gesellschaftlichen Vorurteils, das in ihrem Scheitern nur seine Erwartungen bestätigt sehen würde, auf Dauer nicht standhalten.[1]

So ist es üblich, in den Vorreden zu einem Lehrbuch oder einer Übersetzung, die üblicherweise erwarteten Formeln der Bescheidenheit und Nützlichkeit zu betonen die eigene Person betreffend.[2]

Eigentlich sollte es als Stärke und nicht als Schwäche ausgelegt werden, sich der eigenen Grenzen bewusst zu werden, und diesen Prozess der Selbsterkenntnis auch noch publik zu machen. Es ist aber mehr als wahrscheinlich, dass beide Mathematikerinnen vor allem aus Angst vor einer noch weitergehenden Konfrontation mit dem vorherrschenden Frauenbild, welches die *femme savante* zuletzt kaum noch duldet, ihre Begabung wohlweislich herunterspielen, um nicht noch anmaßender zu erscheinen. Die Tatsache, dass sie mathematische Forschung betreiben, erregt an sich schon öffentliches Ärgernis. Wenn sie gegen die Bescheidenheitsetikette nicht verstoßen, sei es nun aus taktischen Gründen oder weil sie die ihnen abverlangte Frauenrolle doch teilweise verinnerlicht haben, verscherzen sie sich nicht *sämtliche* Sympathien ihrer Leserschaft. Mit ihrem Verhalten versuchen sie, den Widerspruch zwischen ihren wissenschaft-

---

1 Klens 1994, S. 43.
2 Wehinger 2008, S. 11.

lichen Ambitionen und den in diametralem Gegensatz dazu stehenden Weiblichkeitsvorstellungen abzumildern.[3]

Wenn sie die demütige und unterwürfige Haltung, die von Frauen erwartet wird, einnimmt, kann sie damit rechnen, dass sie die Gunst ihrer Unterstützer nicht verliert, obwohl sie als Wissenschaftlerin den Weiblichkeitsklischees nicht entspricht. Für eine *femme savante*, die sich schon durch ihre bloße Existenz über gesellschaftliche Konventionen hinwegsetzt, ist es ratsam, ihren Ausbruch aus der typischen Frauenrolle durch ein besonders devotes Verhalten zu kompensieren.[4]

Auch Agnesi weist sowohl im Zusammenhang mit ihrem naturphilosophischen Werk, als auch in ihrem Analysis-Lehrbuch immer wieder auf ihr 'bescheidenes' Talent – *il mio picciol talento*, wie sie es nennt – hin. Doch sogar Jacopo Bartolomeo Beccari (1682–1766), Präsident des Instituts von Bologna, bewertet den Rang von Agnesis Analysis-Abhandlung weitaus höher, als es der seines Erachtens unvergleichlich bescheidene Titel vermuten lasse.[5]

Agnesi ist stets sichtlich bemüht, sehr zurückhaltend und bescheiden aufzutreten, um nicht noch mehr aus der vorgefassten Frauenrolle zu fallen. Auch zu der Herausgabe ihrer philosophischen Thesen bemerkt sie, dass sie nur auf den Wunsch vieler Gelehrter hin und selbstverständlich mit dem Einverständnis ihres Vaters erfolge, um davon abzulenken, dass sie selbst an der Veröffentlichung interessiert ist.[6] Dazu passt auch ihr Ansatz die *Instituzioni Analitiche* als Lehrbuch für ihre jüngeren Brüder zu verfassen.[7]

In ihrer kritischen Stellungnahme zu einem physikalisch-astronomischen Manuskript Bertuccis, die sie auf seine Anfrage hin verfasst, verleugnet sie ihr selbständiges wissenschaftliches Urteilsvermögen. Fehler und Ungereimtheiten, die sie in der ihr zu Untersuchung vorgelegten Arbeit entdeckt, stellt sie als ihre „Verständnisschwierigkeiten" dar, um jede Überheblichkeit zu vermeiden. Sie gibt sich nicht als gleichberechtigte Diskussionspartnerin aus sondern als gelehrige Schülerin, und lässt Bertucci ihre geistige Überlegenheit nicht spüren.[8]

Gegenüber Giovanni Crivelli (1691–1743) bemerkt Agnesi, dass sie ihre Abhandlung über das Nordlicht nur zu veröffentlichen gedenke, wenn er von deren

---

3 Klens 1994, S. 45 f.

4 Ebd., S. 50.

5 Vgl. den Brief Beccaris an Agnesi 18.06.1749. In: Anzoletti 1900, S. 389.

6 Vgl. Maria Gaetana Agnesi: Propositiones philosophicae. Mailand 1738, Widmung an Belloni.

7 Alic 1987, S. 155.

8 Brief Agnesi an Bertucci, Februar 1738. In: Anzoletti 1900, S. 389.

Wert überzeugt sei. Wie sie mit Blick auf die einzuhaltende Bescheidenheits-etikette versichert, hält sie aber ein positives Urteil Crivellis in dieser Angelegenheit kaum für möglich.[9]

Auch ihre Erklärung, ihr Analysis-Lehrbuch sei nicht von Anfang an für die Öffentlichkeit bestimmt gewesen, sondern habe nur ihrem eigenen Vergnügen oder dem Unterricht eines ihrer jüngeren Brüder dienen sollen,[10] vermag nicht recht zu überzeugen, wenn man den enormen Arbeitsaufwand bedenkt, den sie in dieses Werk investiert hat. Diese Bemerkung scheint daher auch eher ein Zugeständnis an einseitige Weiblichkeitsentwürfe zu sein und nicht die Enthüllung ihrer wirklichen ursprünglichen Absichten, die sie dem Publikum lieber vorenthält. Denn hätte sie zugegeben, dass sie schon immer das Ziel verfolgte, ein von Grund auf neu strukturiertes und vollständiges Analysis-Kompendium zu schaffen, hätte sie sich als Frau aufgrund ihrer Arroganz diskreditiert.[11]

Weil Agnesi davor zurückschreckt, ihre präzisierten Untersuchungen über das Nordlicht, von dem sie das erste Mal in ihren *Propositiones philosophcae* (1738) spricht (wobei sie erheblich von den herkömmlichen Erklärungen dieses Phänomens abweicht) unter ihrem Namen zu veröffentlichen, legt sie Crivelli nahe, die Ergebnisse ihrer Studien in die neue Ausgabe seiner *Elementi di fisica* (1731) aufzunehmen, was auch geschieht.[12] Ihre Handlungsweise hängt damit zusammen, dass 1740 eine Schrift über das Nordlicht erscheint, die sich ihre schon 1738 vertretende Position zu eigen macht. Würde sie dennoch an ihrer Idee einer selbstständigen Publikation festhalten, muss sie befürchten, dass man sie des Plagiats bezichtigt.[13]

Die extreme Zurückhaltung, die Agnesi sich auferlegt, wenn von ihrem eigenen Können die Rede ist, wird nicht als taktische, sondern als wörtlich zu verstehende Äußerung aufgefasst, mit der sie selbst ihr angeblich nicht ausreichendes Talent bestätigte. Herausragende wissenschaftliche Leistungen, die kreatives und selbständiges Denken erfordern, werden ihr nicht zugetraut.[14]

---

9 Brief Agnesi an Crivelli (Ohne Datum). In: Rivista dell'ordine dei Padri Somaschi, Bd. XXXVII, Ott.-Dic. Rom 1962, S. 174–177.
10 Vgl. Maria Gaetana Agnesi: Instituzioni Analitiche, Bd. 1, Mailand 1738, Vorwort.
11 Klens 1994, S. 47.
12 Crivelli 1744, Bd. 2, 7. Buch.
13 Klens 1994, S. 54.
14 Anzoletti 1900, S. 312.

Ähnlich wie Agnesi gibt du Châtelet vor, ihr Physik-Buch zur Unterweisung ihres Sohnes geschrieben zu haben, damit er eine solide naturwissenschaftliche Ausbildung erhalte.[15]

> *„Welche Qualen und welche Sorgen man sich nicht jeden Tag zufügt, in der ungewissen Hoffnung, dass die Kinder Ehren erhalten und ihr Vermögen steigern!"*[16]

Dieses Motiv mag für ein Publikum, welches sich über Wissenschaftlerinnen mokiert und sich eine Frau nur in der Mutterrolle ausmalen kann, moralisch und akzeptabel gewesen sein, erscheint jedoch unvoreingenommener Betrachtung wenig glaubwürdig. Berücksichtigt man zusätzlich noch die Tatsache, dass du Châtelet sich nie sonderlich für die Erziehung ihrer Kinder interessiert oder engagiert hat,[17] wird ihre Erklärung erst recht hinfällig und kann nur als Bescheidenheitsfloskel verstanden werden.

In der Regel bevorzugte es Émilie du Châtelet – soweit wie möglich – anonym zu publizieren. Nur dadurch wurde für sie garantiert, dass ihre Werke unvoreingenommen beurteilt wurden.[18] Dass sie ihre Abhandlung über das Feuer ausarbeitete, mit der sie sich im Jahr 1738 um den Preis der *Académie des Sciences* bewirbt, verheimlichte sie sogar ihren engsten Freunden, weil sie ihre '*Kräfte im Schatten des Inkognitos'* messen will. Sie setzte selbst Voltaire, der sich ebenfalls am Wettbewerb beteiligte, erst von ihrer Teilnahme an der Preisausschreibung in Kenntnis, als sie aus der Zeitung erfuhr, dass weder ihm noch ihr der Preis zuerkannt wurde, weil sie eine mit ihm geteilte Ablehnung

---

15 Vgl. Châtelet: *Institutions physiques*. Amsterdam 1742, 1 ff; Brief du Châtelets an Friedrich II. vom 25.04.1740. In: Bestermann: Les Lettres de la marquise du Châtelet, 1958, Bd. 2, S. 13.

16 *„Quelles Peines & Quels soins ne se donn-t-on pas tous les jours dans l'espérance incertaine de procurer des honneurs & d'argumenter la fortune de ses Enfans!"* Vgl. Châtelet: *Institutions physiques*. Amsterdam 1742, 1 ff; Brief du Châtelets an Friedrich II. vom 25.04.1740. In: Bestermann 1958, Bd. 2, S. 5.

17 In ihrem Briefwechsel spielen ihre Kinder so gut wie keine Rolle. Sie kümmert sich zwar um Hauslehrer für ihren Sohn (vgl. 3 Briefe du Châtelets an Thiertiot Dezember 1737 und Brief an Wolff 22.09.1741. In: Bestermann: Les Lettres de la marquise du Châtelet, Bd. 1, Genf 1958, S. 200 ff, Bd. 2, S. 73), übernimmt aber nicht persönlich den Unterricht, obwohl sie durch ihr Verständnis der Materie besser geeignet wäre, ihn qualifiziert in die Naturwissenschaften einzuführen. Ihre Tochter wird sowieso nur im Zusammenhang mit ihrer Heirat erwähnt (vgl. den Brief du Châtelet an d'Argental 03.10.1742 und an Cideville 28.07.1943. In: Les Lettres, Bd. 2, S. 89–99) Eine wissenschaftliche Ausbildung war für sie, die eine Klosterschule besucht, anscheinend überhaupt nicht vorgesehen, was unverständlich bleibt, weil sie doch gerade die Bedeutung von Studium und Forschung für Frauen betont.

18 Klens 1994, S. 54.

Abbildung 8.2:
François-Marie Arouet Voltaire (1694–1778)
Porträt von Nicolas de Largillière (nach 1724/1725), (Wikipedia)

nicht mehr als peinlich empfand.[19] Seltsamerweise ist M. du Châtelet der einzige, den sie in ihr Geheimnis einweiht, vielleicht weil sie die Ermutigung durch einen Mann braucht, der sie bewundert, auch wenn er ihre Arbeit nicht zu beurteilen vermag.[20]

---

19 Vgl. Brief du Châtelet an Maupertuis vom 21.06.1738. In: Bestermann 1958, Bd. 1, S. 236.
20 Brief an Maupertuis, 21. Juni 1738. In: Badinter 1984, S. 224.

„Ich machte mich an die Arbeit, ohne zu wissen, ob ich meine Ab-
handlung einschicken würde, und ich sagte M. de Voltaire nichts
davon, denn ich wollte mich nicht vor ihm wegen eines Vorhabens
schämen, von dem ich befürchtete, es würde ihm missfallen. Im Üb-
rigen bekämpfte ich in meiner Arbeit fast all seine Ideen, und ich
gestand es ihm erst, als ich aus der Zeitung erfuhr, dass weder ihm
noch mir ein Preis zuerkannt worden war. Ich fand, dass eine Ab-
lehnung, die ich mit ihm teilte, ehrenhaft wurde.“[21]

Im Gegensatz zu Voltaires Abhandlung, die sie mit den Worten lobt: *„Beein-*
druckend, mit vielen Untersuchungen und interessanten Experimenten“[22] sei
ihre Arbeit ganz einfach.

Ihre Schrift als 'ganz einfach' darzustellen und im Gegensatz dazu Voltaires
Abhandlung über das Feuer *'als voller interessanter Forschungsergebnisse'* zu
loben, ist eine bewusste schickliche Unterwerfung, denn ihr Essay stützt sich auf
dieselben gemeinsam durchgeführten Experimente und ist mindestens genauso
anspruchsvoll, wie schon daraus hervorgeht, dass beiden Autoren die Ehre der
Veröffentlichung ihrer Werke zuteilwird.[23]

Als du Châtelet Voltaires *Elémens de la philosophie de Newton* rezensiert,
gibt sie sich ebenfalls als Autorin nicht zu erkennen, damit sie uneingeschränkt
ihre Meinung kundtun kann, ohne sich als Frau Anfeindungen auszusetzen.
Weder ihre positive noch ihre negative Kritik würde ernstgenommen und ihre
Stellungnahme könnte für Voltaires Werk nicht mehr Interesse wecken, sondern
würde es eher in Verruf bringen.[24]

Des Weiteren beklagt sich Émilie Du Châtelet wiederholt über die Begrenzt-
heit ihrer geistigen Kapazität,[25] obgleich sie eine überragende Intelligenz besses-
sen haben muss, um als Frau die ihr den Weg gelegten Hürden zu überwinden
und sich mit ihren wissenschaftlichen Leistungen überhaupt durchzusetzen. Sie

---

21 Brief an Maupertuis, 21. Juni 1738. In: Badinter 1984, S. 224 f.
22 Brief an Maupertuis, 21. Juni 1738. In: Badinter 1984, S. 225.
23 Klens 1994, S. 48 f.
24 Ebd., S. 54 f.
25 *„Gott hat mir jede Art von Genie verweigert. Wenn ich es noch nicht mal schaffen soll*
   wenigstens mittelmäßig / durchschnittlich zu sein, würde ich niemals etwas unternehmen
   wollen. Ich schwöre Ihnen, dass einer der (empfindlichsten/bedeutendsten) Kummer, den
   ich in meinem Leben gehabt habe, die Verzweiflung ist in der ich bereit bin gemäß meiner
   Kapazität in eine Wissenschaft einzutreten, die die einzige ist, die ich mag und die die
   einzige Wissenschaft ist, wenn man die Begriffe nicht ausbeuten will.“ Brief von Émilie
   Du Châtelet an Cideville vom 15. März 1739 und Vorwort zur Bienenfabel, S. 135. Vgl.
   Émilie du Châtelet: [Bienenfabel] *Traduction de la «Fable des Abeilles» de Mandeville.*
   1735–36. In: Wade 1947.

kann sich nicht mit den größten Geistern der Wissenschaft messen, und was sie zur Physik beigesteuert hat, ist mit der Leistung, die Marie Curie hundertfünfzig Jahre später erbracht hat, nicht zu vergleichen. Ihr Werk ist im Großen und Ganzen synthetisch angelegt; sogar in den *Institutions de physique* entwickelte sie nicht ihre eigene Grundlegung der Physik, sondern begnügte sich stattdessen mit einer klaren, gewissenhaften Übersetzung der Leibniz-Wolffschen Metaphysik. Gleichwohl ist sie eine sehr bemerkenswerte Wissenschaftlerin und in ihrem Jahrhundert eine glänzende Ausnahme.[26] Sie hatte ein deutliches Empfinden für die ihr auferlegten Grenzen und war sich ihrer Fähigkeit, vielleicht auch ihres Rechts, nicht sicher, einen schöpferischen Beitrag zur Wissenschaft zu leisten.[27] Diese gegen sich selbst gerichtete Skepsis wird möglicherweise verständlich, wenn man davon ausgeht, dass Frauen angesichts der ihnen entgegenstehenden Schwierigkeiten viel intelligenter sein müssen als Männer, um die gleiche Leistung zu bringen, so dass sie sich teilweise ihren eigenen Ansprüchen nicht gewachsen fühlen.[28]

Es ist erstaunlich, wie groß die wissenschaftliche und künstlerische Leistung der Frauen vergangener Jahrhunderte ist, die darum wussten, dass sie nicht als normale Individuen ihres Geschlechts angesehen wurden, sondern als „Monstrum der Natur“ (wenn auch in gutem Sinne, wie in männlichen Berichten über Frauengelehrsamkeit eigens hinzugefügt werden muss), oder als verhinderte Männer, die es schwer haben, ihre Weiblichkeit, die dennoch von ihnen verlangt wird, durch übertriebene Beachtung der Bescheidenheitsregeln zu demonstrieren.[29]

---

26 Badinter 1984, S. 328.
27 Schiebinger 1993, S. 102.
28 Klens 1994, S. 44.
29 Gössmann 1984, S. 20.

Abbildung 9.1:

Maria Gaetana Agnesi und Émilie du Châtelet

(Wikipedia), Gemälde von Marianne Loir (Wikipedia)

Agnesis und du Châtelets Standpunkt zu Frauenbildung

Maria Agnesi wird im vergleichsweise frauenfreundlichen Italien immer wieder als bizarre Ausnahme bestaunt und zelebriert. Typisch für diese Art von positiver Diskriminierung ist die Überraschung, mit der mathematisches Talent bei einer weiblichen Person zur Kenntnis genommen wird.[1]

Denn grundsätzlich ging man davon aus, dass der Körper der Frau weniger robust als der des Mannes sei und dass körperliche Vitalität / Energie / Tatkraft letztendlich auf der Konsistenz und Elastizität der Fasern beruhten, die den Organismus bilden. Wegen seiner Funktion zur Reproduktion sei der weibliche Körper reicher an Flüssigkeiten, und als Konsequenz enthalten seine Fasern mehr Flüssigkeit, die sie weniger elastisch und solide machen.[2] Agnesi nahm direkt an dieser Debatte teil und wies die drei Hauptarten der Ablehnung vom Frauenstudium zurück: Tradition, gesellschaftliche Störung die daraus folgen würde, und die daraus angenommene Unfähigkeit des weiblichen Geistes. Sie argumentierte, dass gebildete Frauen bessere Töchter und Ehefrauen seien würden, weil sie weitaus aufmerksamer ihren religiösen und gesellschaftlichen Pflichten gegenüber seien, und dass es eine Reihe von historischen Beispielen dafür gäbe, die diesen traditionellen Argumenten widersprechen. Was die Natur des weiblichen Geistes betrifft, glaubte sie, dass eine strenge Unterscheidung zwischen intellektueller Fähigkeit und körperlichen Struktur gemacht werden müsste, da die Aktivität des menschlichen Geistes in keinster Weise durch die materielle Dimension beeinflusst sei. Interessanterweise vertrat sie die Meinung, dass die Schwäche des weiblichen Geistes seinen Grund in der Schwäche des weiblichen Körpers habe, als einen neuen philosophischen Irrtum.[3] Wenige Menschen innerhalb der katholischen Aufklärung interpretierten diese und andere ähnliche Behauptungen als das langerwartete Ende der 'Tyrannei' der Männer in Bildung und Wissenschaft. Die meisten Sympathisanten jedoch spra-

---

1 Klens 1994, S. 35.
2 Mazzotti 2007, S. 162.
3 Ebd., S. 162.

chen sich für eine moderate Sichtweise aus, nach der es einigen wenigen extrem talentierten Frauen erlaubt sein sollte, in die traditionellen maskulinen Räume wie Wissenschaftsakademien und Universitäten einzutreten, jedoch tatsächlich nur als Ausnahme.[4]

Ihre Rolle als Mütter und erste Lehrende für ihre Kinder machte so eine Bildung umso wichtiger. Man sollte beachten, dass zur selben Zeit Papst Benedikt XIV. das kanonische Recht modifizierte, so dass sowohl Frauen als auch Männer in einem Prozess der Seligsprechung und Heiligsprechung Zeugnis geben konnten, und damit wurden sie mit einer bis dahin noch nicht da gewesenen sozialen Legitimation ausgestattet. Dies war der Kontext, in dem Agnesi und einige andere talentierte Frauen ein Netzwerk von Allianzen und Ressourcen der katholischen Aufklärung nutzen konnten, um sich selber als glaubwürdige und legitime Wissenschaftlerinnen zu etablieren. Das „Phänomen der Philosophinnen" erreichte seinen Höhepunkt um 1750 mit der Einladung an Agnesi, neben Bassi an der Universität von Bologna als Professorin tätig zu sein. Diese Geste war symbolisch für die Strategie Benedikt XIV., Glanz an die alte Universität zu bringen und die katholische Kirche wieder in das Zentrum der europäischen philosophischen Debatten zu bringen.[5]

Schon im Alter von neun Jahren beschäftigt Agnesi sich mit der Frage des akademischen Frauenstudiums in ihrer am 18.08.1727 in lateinischer Sprache gehaltenen Rede *Oratio qua ostenditur: Artium liberalium studia a Foemineo sexu neutiquam abhorrere*, in der sie entschieden für die gelehrte Frau Partei ergreift. Ihr vom Vater geschickt inszenierter Auftritt als 'Wunderkind', ist an sich schon ein lebendiger Beweis für ihre These. Da es wahrscheinlicher ist, dass sie die Rede, die zweimal veröffentlich wurde, nicht selbst verfasst, sondern nur aus dem Italienischen übersetzt hat[6] , werde ich mich mit der inhaltlichen Argumentation nicht befassen. Festzuhalten ist jedoch, dass Agnesi (ob der Text nun von ihr stammt oder nicht) sich bereits am Anfang ihrer wissenschaftlichen Karriere intensiv mit der Problematik der Frauengelehrsamkeit auseinandersetzt.[7]

Auch lassen sich authentische Belege dafür angeben, dass Agnesi von einer ebenbürtigen intellektuellen Kapazität der Geschlechter ausgeht. In ihrer naturphilosophischen Schrift verleiht sie ihrer Überzeugung Ausdruck, dass der weibliche Geist von Natur aus für jede wissenschaftliche Disziplin genauso geeignet sei wie der männliche: *„Die Natur bereitete folglich auch den weiblichen*

---

4 Mazzotti 2007, S. 163.
5 Mazzotti 2007, S. 164.
6 Anzoletti 1900, S. 88 und 98 f.
7 Klens 1994, S. 36.

Geist für jede Lehre und jede Bildung."[8] Dafür spricht ihrer Ansicht nach die Tatsache, dass es nachweislich zahlreiche exzellente Denkerinnen zu jeder Zeit auf jedem Gebiet gegeben hat, die sich um den Wissensfortschritt verdient gemacht haben. Deswegen sei es nicht nur ungefährlich für die kulturelle Entwicklung, Frauen den Zugang zum akademischen Studium zu eröffnen, sondern ausgesprochen vorteilhaft.[9] Wie ermutigend das Vorbild einer wegen ihrer herausragenden Leistungen allseits geschätzten Herrscherin für Agnesi bei der Anfertigung ihres umfassenden Analysis-Lehrbuchs gewesen sei, betont sie in ihrer Widmung dieses Werkes an Maria Theresia. Dadurch dass es einem weiblichen Staatsoberhaupt gelungen sei, wohlwollend Anerkennung zu finden, werde auch der Weg für eine Wissenschaftlerin geebnet, die die außerordentliche Kühnheit besitze, in die 'Sphäre der Unendlichkeit' einzudringen.[10]

Agnesis wissenschaftliches Können wird von ihren Zeitgenossen weitgehend anerkannt, und größtenteils (mindestens soweit bekannt) mit Beifall aufgenommen. Einige Autoren sehen sich zudem veranlasst, gegen das Vorurteil weiblicher Vernunftsdefizite, was bis heute nicht ausgeräumt ist, vorzugehen, indem sie Agnesis Wirken als Beweis für die Gleichheit mathematischer Begabung bei Männern und Frauen auslegen.[11]

Émilie du Châtelet hat oft davon gesprochen, dass ihre grundlegende Ausbildung mangelhaft gewesen sei. Trotz ihres Mutes und ihrer Ausdauer hat sie dieses Handicap schwer zu spüren bekommen, und sie hat es auf die Stellung zurückgeführt, die den Frauen zugewiesen wird.[12] Die Kommentare, denen du Châtelet in Frankreich ausgesetzt ist, enthalten nicht nur Erstaunen darüber, dass eine Frau wissenschaftlich tätig sein kann, welcher auch gegenüber Agnesi von verschiedenen Seiten zum Ausdruck gebracht wird,[13] sondern sogar persönliche Attacken und offene Anfeindungen oder ironische Spitzen, womit sie der Lächerlichkeit preisgegeben wird.[14] Wie bereits Agnesi wehrt sich auch du Châtelet gegen die Annahme einer naturgegebenen verstandesmäßigen Inferiorität des weiblichen Geschlechts. Schon 1735, im Vorwort zu ihrer ersten wissenschaftlichen Arbeit, der Übersetzung der *Fable of the bees* von Mandeville, weist sie auf die Last, aber auch auf die Widersprüchlichkeit des Vorurteils hin, welches Frauen aus den Wissenschaften ausgrenze:

---

8 „*Ad omnem igitur doctrinam, eruditionemque etiam muliebres animos natura comparavit.*" Maria Gaetana Agnesi: Propositiones philosophicae, 1738, III, S. 2.

9 Maria Gaetana Agnesi: *Propositiones philosophicae*, Mailand 1738, III, S. 2f.

10 Maria Gaetana Agnesi: Instituzioni Analitiche, 1748, Bd. 1, Widmung an Maria Theresia.

11 Klens 1994, S. 54.

12 Badinter 1984, S. 330.

13 Siehe Abschnitt 10.2 Maria Gaetana Agnesi. Partizipientin der katholischen Aufklärung, S. 96.

14 Klens 1994, S. 37.

> *„Ich empfinde die ganze Last des Vorurteils, das uns so umfassend von den Wissenschaften ausschließt, und ich sehe darin einen der Widersprüche dieser Welt, über den ich mich immer sehr gewundert habe, denn es gibt große Länder, deren Gesetz uns erlaubt, das Schicksal zu bestimmen, aber keines, in dem wir zum Denken erzogen würden. Eine Bemerkung zu diesem Vorurteil [. . .]: Die Komödie ist der einzige Beruf, der ein gewisses Studium und einige Geistesbildung voraussetzt, zu welchem die Frauen zugelassen sind, und zugleich ist es der einzige, der für ehrlos erklärt wird."*[15]

Einige wenige Frauen durften ihr Land regieren, andere auf der Bühne Triumphe feiern, doch bis heute, so stellt Émilie fest, haben sie nicht an den großen geistigen Schöpfungen teilhaben dürfen.[16]

> *„Man sollte ein wenig darüber nachdenken, warum seit so vielen Jahrhunderten nicht eine gute Tragödie, nicht ein gutes Gedicht, nicht ein geachtetes Geschichtswerk, nicht ein schönes Bild, nicht ein gutes Physikbuch von weiblicher Hand geschaffen wurde. Man sollte sich überlegen, warum diese Wesen, deren Verstandeskraft ganz der der Männer zu entsprechen scheint, offenbar dennoch von einer unbezwinglichen Kraft vor der Schranke festgehalten werden, und mir den Grund dafür nennen, wenn man kann. Ich überlasse es den Naturforschern, nach einer physikalischen Ursache dafür zu suchen, doch solange sie sie nicht gefunden haben, sind die Frauen berechtigt, gegen ihre Erziehung Einspruch zu erheben."*[17]

Taktisch geschickt argumentierend, missbilligt sie die Suche nach natürlichen Ursachen nicht direkt, um die bedeutungslose Rolle der Frau bei der Entwicklung von Kunst und Wissenschaft zu erklären. Doch sie nimmt für sich das Recht in Anspruch, dafür ausschließlich die weibliche Erziehung verantwortlich zu machen, solange kein physischer Grund gefunden worden sei. Émilie du Châtelet entwirft daraufhin ein wissenschaftliches Experiment, das sie anstellen würde, wenn sie Königin wäre: *„Ich würde einen Missstand beseitigen, der sozusagen die halbe menschliche Rasse aus der Gemeinschaft verstößt. Ich würde die Frauen in alle Rechte der Menschheit einsetzen, vor allem in das Recht auf Bildung."*[18]

---

15 Vorwort zur Übersetzung der Bienenfabel, S. 135. Vgl. Châtelet: [Bienenfabel] *Traduction de la «Fable des Abeilles» de Mandeville.* 1735–36. In: Wade 1947.

16 Badinter 1984, S. 331.

17 Bernard de Mandeville: *Fable des abeilles*, aus dem Englischen von Emilie du Châtelet, Vorwort [Bienenfabel]. In: Wade: Studies on Voltaire, 1947, S. 136.

18 Wade: Studies on Voltaire, 1947, S. 131–138.

Sie war überzeugt, dass eine bessere Erziehung der Frauen allen zugutekäme: den Frauen, weil sie größeres Vertrauen in ihre Fähigkeiten bekämen, und den Männern, weil sie mit diesen selbstbewussten Frauen ihre Gedanken austauschen könnten.[19] Höchstwahrscheinlich plädiert sie aus strategischen Gründen für eine derartige Bildungsreform, um das Problem der weiblichen Verstandesfähigkeit empirisch zu lösen, denn sie selbst hegt keinen Zweifel an der Intelligenzgleichheit der Geschlechter. In Wirklichkeit klagt sie damit ein fundamentales Menschenrecht der Frauen ein. Dabei vergisst sie nicht, um die Akzeptanz ihres Anliegens zu erhöhen, auf die Vorteile dieser Maßnahmen für die gesamte Menschheit hinzuweisen.[20] Die Marquise denkt über ihre eigenen Erfahrungen nach und gelangt schließlich zu einer sehr überzeugenden psychologischen Erklärung dafür, dass es bei den Frauen kein Genie gibt:

> *„Ich bin überzeugt, dass viele Frauen entweder von ihren Talenten nichts wissen, was an ihrer Erziehung liegt, oder sie verstecken sie, aus einem Vorurteil und weil es ihnen an Mut fehlt. Was ich an mir selbst erfahren habe, bestärkt mich in dieser Ansicht. Der Zufall ließ mich gebildete Männer kennenlernen, die Zuneigung zu mir fassten, und ich sah mit größtem Erstaunen, dass sie einen gewissen Wert daraufzlegten. Ich begann zu glauben, dass ich ein denkendes Wesen sei. Ich nahm das indessen nur flüchtig wahr, und da die Gesellschaft, die Zerstreuung, für die allein ich geschaffen zu sein glaubte, meine ganze Zeit und meine ganze Seele in Anspruch nahmen, habe ich ernsthaft erst in einem Alter daran geglaubt, wo es noch Zeit ist, vernünftig zu werden, aber nicht mehr, Talente zu erwerben.“*[21]

Émilie war seit langem der Ansicht, das Leben einer Frau, auch das einer Angehörigen des Hochadels, werde von lächerlichen Aufgaben und Pflichten aufgefressen, von denen die Männer nichts wüssten. Ihre geistige Beweglichkeit und ihre Kraft wurden durch die gesellschaftlichen und familiären Pflichten beschnitten. Mochte es noch möglich sein, die ersteren zu vermeiden, so wurde es recht schwierig, wenn es schien, als würden sie sich von den letzteren abwenden.[22]

Sie schrieb an Maupertuis: *„Das Leben ist so kurz und so von überflüssigen Pflichten und Kleinigkeiten erfüllt, wenn man eine Familie*

---

19 Schiebinger 1993, S. 103.
20 Klens 1994, S. 39.
21 Vorwort zur Übersetzung der Bienenfabel, S. 136. Vgl. Châtelet: [Bienenfabel] *Traduction de la «Fable des Abeilles» de Mandeville*. 1735–36. In: Wade 1947.
22 Badinter 1984, S. 332.

und ein Haus hat [...]. Ich bin untröstlich über meine Unwissenheit und all die Dinge, die mich daran hindern, sie zu überwinden. Wenn ich ein Mann wäre, befände ich mich bei Ihnen auf dem Mont Valérien und würde all die sinnlosen Kleinigkeiten des Lebens stehen und liegen lassen."[23]

Diese Äußerung traf in weit höherem Maße auf die weniger privilegierten Frauen zu. Émilie du Châtelet hat niemals anerkannt, dass die zwischen den Männern und Frauen beobachteten Ungleichheiten ihren Ursprung in der Natur haben könnten. Sie machte allein pädagogische und gesellschaftliche Gründe für die hierarchische Ordnung, die ein Geschlecht dem anderen unterwirft, und für die geringeren Fähigkeiten der Frau verantwortlich. Sie war überzeugt, dass die Frauen den Männern an Verstandeskraft nicht nachstünden.[24]

Der einzelgängerische Fatalismus, den viele Frauen entwickelten, die sich immer wieder vor Anfeindungen für ihr wissenschaftliches Arbeiten verteidigen mussten, liefert vielleicht eine Teilerklärung für die mangelnde weibliche Solidarität bei Émilie du Châtelet. Sie ist streng mit den Frauen, die wie sie versucht haben, sich aus der Enge zu befreien. Über ein Werk der Marquise de Lambert, *La Métaphysique de l'Amour* (1729), äußert sie boshaft:

„Dieses kleine Werk ist mir wie eine Aneinanderreihung von sinnlosen Wörtern vorgekommen und hat mich sicher zu dem Schluss kommen lassen, dass, wenn alle Frauen so schreiben würden, man sehr gut daran täte, ihnen das Schreiben zu verbieten."[25]

Als sie von Cideville erfährt, dass Mme. du Boccage mit einer Schrift über das Theater den Preis der Akademie von Rouen errungen habe, und er hinzufügt, diese Akademie müsse für diese Dame eigentlich tun, was das Institut von Bologna für Émilie getan habe, zeigt sie sich nicht sonderlich begeistert darüber, dass eine Frau zu den gleichen Ehren gelangen soll wie sie. Sie antwortet knapp:

„Der Ruhm meines Geschlechts liegt mir allzu sehr am Herzen, als dass ich an dem ihren nicht großen Anteil genommen hätte."[26]

Dagegen sollten Cideville und Voltaire über diesen Erfolg einer Frau ungeheuchelte Freude bekunden. Aber vielleicht erkannten sie Frauen eher an als

---

23 Brief vom 24. Oktober 1738. In: Bestermann: Les Lettres de la marquise du Châtelet, Bd. 2, 1958.
24 Badinter 1984, S. 339.
25 Brief an Thieriot, 1. März 1736. In: Bestermann, Theodore: Les Lettres de la marquise du Châtelet, Bd. 2, 1958.
26 Brief an Cideville (ohne Datum). In: Bestermann: Les Lettres de la marquise du Châtelet, Bd. 2, 1958.

Émilie es vermochte. Allerdings sind andere Frauen auch nicht zartfühlend mit ihr umgegangen. Mme. du Châtelet schlugen immer wieder Hass und Missgunst entgegen.[27]

Mme. de Staal, die Gesellschafterin der Herzogin du Maine, schildert in einem Brief an ihre Gevatterin du Deffand voller Gehässigkeit:

„Gegenwärtig überprüft sie ihre Prinzipien; das ist eine Übung, die sie jedes Jahr wiederholt, denn sonst könnten sie ihr entwischen und vielleicht so weit fortgehen, dass sie nicht eines davon wiederfände. Ich glaube schon, dass ihr Kopf für die Prinzipien ein Gefängnis und nicht der Ort ihrer Geburt ist."[28]

Die Gevatterin ist nicht minder giftig mit der Behauptung,

„dass sie die Geometrie studierte, um ihr eigenes Buch (die Institutions) verstehen zu können. Ihre Wissenschaft ist ein schwer zu lösendes Problem. Sie spricht darüber nur in der Weise, wie Sganarelle Lateinisch sprach, nämlich vor solchen, die es nicht kannten."[29]

Für eine echte Solidarität unter Frauen und die damit einhergehende Kampfbereitschaft war die Zeit noch nicht gekommen. Mme. du Châtelet hatte die Ursachen der weiblichen Unterdrückung genau untersucht, aber den Kampf nicht aufnehmen wollen. Sie hat sich in das Unvermeidliche gefügt und doch, trotz aller zu überwindenden Hindernisse, hält sie in ihrer Abhandlung über das Glück das wissenschaftliche Studium dennoch für die einzige Chance einer Frau, sich gesellschaftliche Verdienste zu erwerben, da ihr andere Möglichkeiten öffentlichen Wirkens erst recht verschlossen seien. Außerdem bleibe einer ehrgeizigen Frau nur die Gelehrsamkeit, um sich über alle Ausgrenzungen und Abhängigkeiten, zu denen sie wegen ihres Geschlechts verdammt sei, hinwegzutrösten.[30]

Fast zwei Jahrhunderte sollten vergehen, ehe Frauen anders darüber dachten. Doch als sie sich dann entschließen sollten, den Lauf der Dinge zu verändern, sollten sie unverändert die Argumente ihrer fernen Vorläuferinnen aufgreifen.[31]

---

27 Badinter 1984, S. 342.
28 Brief von Mme. de Staal an Mme. d'Deffand, 20. August 1747. Badinter 1984, S. 195 f.
29 Portrait der verstorbenen Madame la Marquise du Châtelet von Madame la Marquise du Deffand. In: Correspondance littéraire, März 1777, S. 453 f.
30 Mme du Châtelet's translation of the „Fable of the bees". [Bienenfabel] Unpublished Papers of Madame du Châtelet, S. 135. In: Wade: Studies on Voltaire, 1947, S. 136.
31 Badinter 1984, S. 342.

Abbildung 10.1:
Oben: Pierre Louis Maupertuis (1698–1759), Alexis Claude Clairaut (1713–1765),
Unten: Johann II Bernoulli (1710–1790), Leonhard Euler (1707–1783)
Oben: Gemälde: Robert Tournières (1667–1752) 1740, Charles-Nicolas Cochin fils et Louis
Jacques Cathelin. Unten: H. Pfeninger 1790, um 1756 (Wikipedia)

Du Châtelets und Agnesis Verhältnis zu zeitgenössischen Wissenschaftlern

Maria Gaetana Agnesi und Émilie du Châtelet haben als Wissenschaftlerinnen, die noch dazu Werke veröffentlichten, polarisiert. In einer Zeit, in der Frauen das Recht abgesprochen wurde, die gleichen geistigen Fähigkeiten wie Männer zu besitzen, war es umso wichtiger, dass sie angesehene Vertreter der damaligen Wissenschaften zu ihren Freunden zählen konnten. Den Männern, die sich trotz des Risikos ihren Ruf zu schädigen, für sie einsetzten, kam eine nicht zu unterschätzende Bedeutung zu. Ohne ihre Kontakte hätten Agnesi und du Châtelet wohl kaum so viel Aufmerksamkeit für ihre Arbeiten bekommen, und wären weniger ernst genommen worden.

10.1 Émilie du Châtelet. Nicht nur Geliebte Voltaires

Émilie du Châtelet unterlag wie jede andere Frau den allgemeinen Beschränkungen ihres Geschlechts. Als wohlhabende französische Adelige allerhöchsten Ranges hatte sie zwar sicherlich mehr Teilhabemöglichkeiten am intellektuellen und wissenschaftlichen Leben ihrer Epoche als viele andere Frauen und Männer, doch war ihre wissenschaftliche Tätigkeit vor allem später, als sie auf dem Land in Cirey lebte, durch weitgehende Isolation gekennzeichnet: Sie hatte dort wenig direkten Kontakt zu anderen Gelehrten. Hilfe und Anleitung fand nur bei den wenigen, die als Gäste oder Privatlehrer auf ihren Landsitz kamen. Die kurzen Besuche von Algarotti, Maupertuis, Clairaut, Samuel König und Johann Bernoulli auf ihrem Landsitz waren selten, ihre eigenen Reisemöglichkeiten als Frau sehr beschränkt. Daher konnte sie ihren Interessen nicht so weit nachgehen, wie sie es wünschte. Diese Hindernisse begrenzten den Horizont ihrer Arbeit.[1]

Geschickt nutzte sie jedoch die Kommunikationswege der Aristokratie und unterhielt viele ausgedehnte Korrespondenzen mit anerkannten Akademikern

---

1 Schiebinger 1993, S. 102.

und Gelehrten ihrer Zeit. Wie viele männliche Gelehrte baute sie sich so ab 1734 ein Netz aus wissenschaftlichen Mentoren und Peers auf. Sie unterhielt Korrespondenzen zu Mitgliedern der großen Akademien in Paris, London oder Berlin. Zu ihren Briefpartnern gehörten u. a. Pierre Louis Maupertuis (1698–1759), Alexis Claude Clairaut (1713–1765), Johann II Bernoulli (1710–1790), Christian Wolff (1679–1754), Leonhard Euler (1707–1783), Gabriel Cramer (1704–1752) und James Jurin (1684–1750).[2] Über ihre Briefe beteiligt sie sich an den zeitgenössischen, wissenschaftlichen Diskussionen und lud ohne Unterlass ihre Korrespondenten zu sich ein.[3] Dennoch hatte sie immer wieder Schwierigkeiten, geeignete Lehrer zu finden.[4]

Offensichtlich beherrschte Émilie du Châtelet die Kunst des Briefeschreibens ebenso wie die medialen Funktionsweisen und -möglichkeiten der Kommunikation innerhalb der *Republique des Lettres*, ohne die eine öffentliche Wahrnehmung ihrer Ideen und Arbeiten gar nicht stattgefunden hätte. Sie wusste sich in ihren Briefen als Schülerin, Autorin, *femme savante*, Kollegin, Philosophin oder Geliebte zu inszenieren.[5]

Zwischen ihrem bekannten langjährigen Lebensgefährten Voltaire und ihr entwickelte sich in der intellektuellen Atmosphäre von Cirey eine enge Zusammenarbeit in vielen Bereichen, die sich in den in dieser Zeit verfassten Schriften Voltaires und Châtelets zu denselben Themen widerspiegelt. Als beide bei der *Académie des sciences* eine Abhandlung zur Natur des Feuers einreichten, jedoch beide den ausgeschriebenen Preis nicht gewannen, beeilte sich Voltaire, überall ihr Loblied zu singen. Zunächst gegenüber Maupertuis, an den er schreibt:

> *„Sie werden vielleicht denken, ich hätte die Abhandlung von Madame du Châtelet beeinflusst und dadurch verdorben, doch sie ist ganz allein ihr Werk. Die Mängel sind geringfügig, und die Schönheiten erscheinen mir großartig."*[6]

Kurz darauf bekräftigt er seine galanten Äußerungen und schwört, dass es ihm allein um Émilies Ruhm gehe, und erklärt, dass *„es recht grausam ist, dass die verdammten Wirbel gegenüber Ihrer Schülerin die Oberhand behalten haben."*[7]

---

2 Die Korrespondenz von du Châtelet hat Bestermann 1958 veröffentlicht.
3 Wetzel 2008, S. 157.
4 Böttcher 2013, S. 77.
5 Wetzel 2008, S. 157.
6 Brief von Voltaire an Maupertuis, 25. Mai 1738. Außerdem schrieb er offiziell an Réaumur und Charles du Fay. Vgl. Badinter 1984, S. 228.
7 Brief von Voltaire an Maupertuis, 15. Juni 1738. Außerdem schrieb er offiziell an Réaumur und du Fay. In: Badinter 1984, S. 228.

Dem Physiker Henri Pitot (1695–1771), gleichfalls Akademiemitglied, demgegenüber Voltaire sich hatte hinreißen lassen, seine Enttäuschung darüber zu bekunden, dass er keinen Preis erhalten hatte,[8] erklärt er nun, dass M. de Réaumur den Preis der Marquise hätte zuerkennen sollen:

> *„Die Philosophie könnte deshalb keine Vorwürfe gegen die Galanterie erheben. Ist die Abhandlung dieser außergewöhnlichen Dame nicht ebenso gut wie so manche Wirbel?"*[9]

Voltaire tat noch mehr für seine Gefährtin. Er beschloss, einen Artikel zu ihrem Ruhm zu verfassen, der im Juni 1739 im *Mercure de France* erschien.[10]

Voltaire vertrat die Meinung, dass die Erweiterung des intellektuellen Horizontes beide Geschlechter betreffe. Er war davon überzeugt, dass Vernunft, Philosophie und Aufklärung weder vor ständischen noch vor geschlechtsspezifischen Hindernissen haltmachen.

> *„Die Philosophie umfasst alle Länder und Geschlechter [...]. Aber sie ist sicher das Gebiet der Frauen."*[11]

Den epochalen Beweis seiner These erblickte Voltaire im wissenschaftlichen Werk Émilie du Châtelets, deren Newton-Übersetzung er ebenfalls bewunderte und publikumswirksam unterstützte. Da du Châtelet bei ihrer Zusammenarbeit mit Volatire auf den Gebieten der Metaphysik und der Naturwissenschaft eindeutig die Führungsrolle zugesprochen werden muss, war Voltaire kein Ersatz für wissenschaftliche Partner, mit denen sie gleichberechtigt über philosophische und mathematische Probleme hätte debattieren können. Erst als sie in ihren letzten Lebensjahren an ihrer Übersetzung von Newtons *Principia* ins Französische arbeitete, stand ihr als ständiger wissenschaftlicher Berater Clairaut zur Seite.[12]

Woran ihr aber vor allem lag, war das Urteil und die Anerkennung von Maupertuis. Sie schreibt ihm wiederholt nach Saint-Malo und bittet ihn, in Kenntnis der Tatsache, dass sie die Verfasserin ist, ihre Abhandlung über das Feuer noch einmal zu lesen.[13]

Sie gestand ihrem einstigen Lehrer Maupertuis, dass sie darauf gehofft hatte, von der Akademie mit einer ehrenvollen Erwähnung bedacht zu werden. Da

---

8 Brief Voltaires an Henri Pitot vom 18. Mai 1738. In: Badinter 1984, S. 228.
9 Brief an Henri Pitot, 17. Juni 1738, und an Thieriot, 21. Juni 1738. In: Bestermann 1958, Bd. 2.
10 Châtelet: *„Sur la nature du feu."* In: Mercure de France (Juni 1739), Bd. II, S. 1320–1328.
11 *„La philosophie est de tout état et de tout sexe [...]. Elle est certainement du ressort des femmes."*
12 Klens 1994, S. 90 f.
13 Badinter 1984, S. 228.

eine solche jedoch nicht ausgesprochen wurde, begnügte sie sich mit dem Imprimatur, das für sie den Vorteil hatte, bei allen europäischen Gelehrten bekannt zu werden. Das ist im Übrigen auch das heimliche Motiv ihrer Teilnahme am Wettbewerb gewesen:

> *„Nur durch die Kühnheit und Neuheit meiner Ideen hoffte ich aus der Menge hervorzustechen und von den Kommissionsmitgliedern mit einer gewissen Aufmerksamkeit gelesen zu werden.“*[14]

Dieses Ziel hat sie erreicht. Die erste Publikation verschafft ihr den Zugang zur wissenschaftlichen Welt. Dass sie eine Frau ist, steigert noch das Interesse, das man dem Urheber der Ideen entgegenbringt. Maupertuis schickt Châtelets Preisschrift im September 1746 zur Prüfung an die Mathematiker Bernoulli, Jurin und Algarotti und kommentiert, es sei erstaunlich, dass ihr Beitrag keinen Preis erhalten habe. Noch Gaston Bachelard (1884–1962) verweist in seiner Untersuchung zur Bildung des wissenschaftlichen Geistes darauf, sie sei in ihrer *Dissertation sur la nature et la propagation du feu* einem Experiment, das James Prescott Joule (1881–1889) ein Jahrhundert später verwirklichte, recht nahegekommen.[15] Und auch in der überaus seriösen und frauenfeindlichen Sorbonne wird ihr Name mit Respekt genannt.[16]

Doch Mme. du Châtelet sollte auch ihr Leben lang der Ablehnung begegnen, die den Wissenschaftlerinnen entgegengebracht wurde. Im April 1739 tritt Samuel König, ein Schweizer Mathematiker, in ihre Dienste. Als Mathematiklehrer ist der gewissenhafte Schüler Wolffs doch nicht so gut wie als Metaphysiker, und er unterhält sich mit der Marquise lieber über Leibniz als über den Algorithmus.[17]

Nachdem eine Vorabversion der *„Institutiones“* ohne das entscheidende philosophische Kapitel schon von der Akademie der Wissenschaften genehmigt worden war und offiziell Lob und Anerkennung erhalten hatte, verriet Émilie du Châtelet Samuel König, dass sie die Verfasserin des Manuskriptes sei, und bat ihn um Korrekturhilfe der Kapitel über Leibniz'sche Metaphysik. Doch 1740 verließ Samuel König Cirey im Streit. Émilie du Châtelet zufolge hat König sich wie ein „ungehöriger Lakai“[18] aufgeführt und sich infam verhalten. Dagegen sagt König, sie habe ihn wie einen Lakaien behandelt. Vordergründig geht es

---

14 Brief an Maupertuis, 1. Dezember 1738. In: Badinter 1984, S. 230.
15 Bachelard 1987, S. 215.
16 Badinter 1984, S. 230.
17 Badinter 1984, S. 230.
18 Brief an Bernoulli, 28. Dezember 1739. *„Das Verhalten von M. de Koenig würde mir Hass gegen alle Mathematiker und alle Schweizer einflößen, wenn ich Sie nicht kennen würde.“* In: Bestermann 1958, Bd. 2.

um eine Geldangelegenheit, im Grunde aber um eine nicht zu überwindende Wesensverschiedenheit.[19] König enthüllte daraufhin in Paris die Urheberschafft der Marquise, behauptete aber gleichzeitig, er habe ihr das Werk diktiert. Dieser Vorfall ist ein besonders prägnantes Beispiel für die Aneignung wissenschaftlicher Leistungen von Frauen durch männliche „Mitläufer". Du Châtelet beendete die fehlenden Kapitel so schnell wie möglich und appellierte an die Akademie der Wissenschaft, ihr Glauben zu schenken. Die Affäre erregte großes Aufsehen in Paris und hatte abträgliche Konsequenzen für die Publikation ihres Werkes. Obwohl es eine seriöse wissenschaftliche Arbeit war, und niemand ernsthaft leugnen konnte, dass sie von Émilie du Châtelet stammte, wurde sie erst nach ihrem Tod voll rehabilitiert.[20] Für Émilie du Châtelet endete dieser Vorfall mit dem Gefühl, nicht die Unterstützung aus der gelehrten Welt bekommen zu haben wie sie es verdient hätte, aus dem Grund, dass sie eine Frau sei und dass Königs Vorwurf Zweifel an ihrer Glaubhaftigkeit, geschürt hatte (wobei sie letztere schon vorher immer wieder verteidigen musste).[21]

Andere Männer konnten es nicht lassen, sie unter dem Deckmantel der Höflichkeit mehr oder weniger liebenswürdig auf die weibliche Bestimmung zu verweisen, die sie nicht hätte verlassen sollen. Um sich für ihr *Mémoire.sur le Feu* zu bedanken, schreibt Cideville ihr einen ironischen Brief:

> *„Man sieht nur noch Prismen ... Rezipienten ... Parallaxen ... Sinus ... Tangenten, just an jenen Orten, wo [...] Terpsichore tanzte, wo Melpomene die erhabensten Verse deklamierten."* Doch *„ein kurzer Moment der Leidenschaft ist mehr wert als die ganze Physik."*[22]

König Friedrich II. von Preußen, der „Philosophenkönig", der 1740 gerade im Begriff steht, die größten Denker und Philosophen seiner Epoche (darunter Maupertuis und Voltaire) um seine Tafelrunde in Sanssouci zu versammeln, verhält sich nicht anders, als sie ihm vorschlägt, ihn in die Physik einzuführen:

> *„Sie wünschen, Madame, dass ich mich der Physik widme, damit der Umgang mit Ihnen nicht langweilig werde [...]. Ich fühle deutlich, dass ich, hätte ich das Vergnügen Sie zu sehen, Ihnen von ganz anderen Dingen sprechen würde als von Physik."*[23]

---

19 Badinter 1984, S. 235.
20 Denz 1994, S. 25.
21 Osen 1974, S. 61.
22 Brief an Cideville, 3. Juli 1738. In: Bestermann 1958, Bd. 2.
23 Brief von Friedrich, 20. August 1739. In: Bestermann 1958, Bd. 2.

Als sie ihm am 25. April 1740 den gerade gedruckten, ersten Band ihrer *Institutions de physique* schickt, reagiert er charmant – scherzhaft, doch verweist er sie auf ihren angestammten Platz:

> *„Ich bitte Sie, Madame, mir mein Geschwätz zu verzeihen; ich bilde mir ein, dass es die Marquise du Châtelet sein wird, die meinen Brief liest, und nicht die Verfasserin der Metaphysik, umringt von Algebra und bewaffnet mit einem Zirkel."*[24]

Gegenüber seinem Berater Charles Étienne Jordan (1700–1745) äußert sich Friedrich sehr viel brutaler; mit unverhüllter Geringschätzung schreibt er:

> *„Die Minerva hat ihre Physik abgeliefert. Das Wunderbare ist, dass Koenig ihr die Arbeit diktiert hat. Sie hat sie hier und da angereichert und geschmückt mit ein paar Worten, die Voltaire bei ihren Soupers hat fallen lassen. Das Kapitel über die Fläche ist kläglich. Die ganze Anordnung des Werkes taugt nichts; es kommen sogar sehr grobe Fehler vor, denn an einer Stelle lässt sie die westlichen Himmelskörper im Osten umlaufen. Ihre Freunde sollten ihr aus Barmherzigkeit den Rat geben, ihren Sohn zu unterweisen, ohne die ganze Welt zu unterweisen."*[25]

Die *Institutions* waren praktisch fertig, bevor Madame du Châtelet König in Dienst nahm, und Voltaire hat sie nicht beraten können, da er Leibniz-Gegner war. Dem könnte man noch hinzufügen, dass der preußische König so wenig von Physik verstand, dass Émilie sich erboten hatte, ihm Unterricht zu geben. Es ist daher kaum zu begreifen, wie er sich zum Richter über eine Arbeit aufwerfen konnte, die weit über seinem Niveau war. Seine herablassende Reaktion lässt sich mit seiner Haltung gegenüber wissenschaftlich tätigen Frauen und der Eifersucht erklären, die er ihr gegenüber empfand, weil sie ihm seinen teuren Voltaire vorenthielt.[26]

Doch die wissenschaftliche Kompetenz, die ihr im Jahrhundert der Aufklärung zugeschrieben wurde, verdeutlichen überzeugend neben Voltaires Wertungen auch die weniger bekannten Beurteilungen von Diderot, Buffon, Helvétius, La Mettrie und anderen führenden französischen Aufklärern. Als ein Beleg hierfür sei ein Auszug aus der Korrespondenz Diderots mit Voltaire angeführt. Voltaire sandte im Juli 1749 seine *Élements de la philosophie de Newton* an

---

24 Brief von Friedrich 19. Mai 1740. In: Wetzel: Newton und Leibniz in Frankreich. Émilie du Châtelets Korrespondenz über nationale Grenzen der „République des Lettres". In: Schneider 2008, S. 156.
25 Brief Friedrichs an Jordan, September 1740. In: Badinter 1984, S. 241.
26 Badinter 1984, S. 241.

Diderot, der mit der Zusendung der von ihm verfassten Schrift *Mémoires sur différents sujets de mathématiques* antwortete, jedoch ein gesondertes Exemplar seiner Schrift für die Marquise du Châtelet beilegte. Als Begründung betont Diderot explizit, er hoffe, in seinen *Mémoires* die Newtonschen Berechnungen in einem wichtigen Punkt widerlegt zu haben. Für die Prüfung seiner Kritik an Newton sei die Marquise du Châtelet kompetenter als er selbst.[27] Wesentlich ist hierbei, dass Diderot in diesem Brief nicht Voltaire als Newton Experten anspricht, obwohl dieser ihm ja gerade seine *Éléments de la philosophie de Newton* zugesandt hatte. Im Rahmen dieser komplexen mathematischen Problematik war für Diderot vielmehr Madame du Châtelet die Ansprechpartnerin, die über die adäquate wissenschaftliche Kompetenz für seine modifizierten Newton-Berechnungen verfügte.[28]

Auch die wissenschaftlichen Zeitschriften ihrer Zeit bleiben Émilie du Châtelet nicht verschlossen. Das renommierte *Journal des Savants* bittet sie um eine Rezension von Voltaires *Élements de la philosophie de Newton*. Weiteres Ansehen in der Gelehrtenrepublik vermittelt ihr, der großes Aufsehen erregende, Wissenschaftsdisput über den Leibnizschen Begriff der *„force vive"*,[29] des der Materie inhärenten Kraftpotentials, der ebenfalls später in der *Éncyclopédie* in mehreren wissenschaftlichen Artikeln referiert wird.[30]

Ihr Gegner in diesem naturwissenschaftlichen Disput ist der hochangesehene Jean-Jacques Dortous de Mairan (1678–1771), *secrétaire perpétuel* der *Académie des Sciences* in Paris, der sich zu diesem Zeitpunkt auf dem Gipfel seines wissenschaftlichen Ruhms befindet. Mairan publiziert eine polemische Schrift gegen Émilie Du Châtelets Theorien, auf die sie innerhalb von drei Wochen mit einer weiteren fundierten Publikation und zusätzlichen mathematischen Beweisen für ihre Thesen antwortet.[31]

Die Tatsache, dass ein Physiker vom Rang des Dortous de Mairan mit ihr einen öffentlichen physikalischen Disput führt, lässt sie in der Öffentlichkeit als ein gleichwertiges Mitglied der *„République des savants"* erscheinen.[32]

Höchst aufschlussreich ist auch die starke europäische Resonanz auf diesen Wissenschaftsdisput. So nimmt Immanuel Kant (1724–1804) in Königsberg in seiner dieser naturwissenschaftlichen Problematik gewidmeten Schrift *Gedan-*

---

27 Winter 2008, S. 26.
28 Winter 2008, S. 27.
29 Poser: Gottfried Wilhelm Leibniz zur Einführung, 2005, S. 143–145.
30 Winter 2007, S. 296.
31 Dieser Zeitraum der Abfassung innerhalb von nur drei Wochen ist wesentlich, da man ihr unterstellte, sie würde die Gedanken anderer übernehmen und als ihre eigenen publizieren
32 Winter 2007, S. 296 f.

ken von der wahren Schätzung der lebendigen Kräfte (1746) Stellung zu dem Streit.[33]

Kants ausführliche Stellungnahme zu dem Disput über die lebendigen Kräfte belegt das Ansehen Émilie du Châtelets innerhalb der europäischen Gelehrtenrepublik, denn Kant nennt sie neben Mairan, Bernoulli, Jurin, Wolff und Huygens als gleichwertige, aufgrund ihrer Argumentationsfähigkeit teilweise als überlegene Partnerin in einem Streit über grundlegende naturphilosophische Problemstellungen der Epoche.[34]

Dank eines Mannes, nämlich Jacquiers, wird auch du Châtelets großer Wunsch wahr, Mitglied der Akademie von Bologna zu werden. Durch Vermittlung von Jacquiers 1746 wird sie in das dortige Institut aufgenommen. Der Weg vom Salon zur Akademie ist somit damit nun auch vollzogen: Die symbolischen Räume der Gelehrtenrepublik sind ihr als Frau zugänglich geworden.[35]

Alles in allem hat das gebildete Publikum der enormen Arbeit der Marquise die gebührende Anerkennung zuteilwerden lassen[36] und die Achtung, die ihr entgegengebracht wird, steht neben ihrer hohen wissenschaftlichen Kompetenz ebenfalls in Zusammenhang mit der besonderen Funktion und dem hohen Ansehen von Übersetzungen und ihren Verfassern im 18. Jahrhundert in Frankreich.[37]

10.2 Maria Gaetana Agnesi. Partizipientin der katholischen Aufklärung

Maria Agnesi besaß in Mailand vielleicht eine weniger hohe Position als Émilie du Châtelet in Paris, doch hatte auch sie, dank des regelmäßig stattfindenden Salons im Hause ihrer Familie, angesehene Mathematiker als Unterstützer gefunden, mit denen sie korrespondierte.

Der Briefwechsel zwischen Agnesi und Graf Belloni, und die darin geführten Diskussionen über aktuelle mathematische Probleme, ist für Agnesi ein stabilisierender Faktor, welcher sie in ihren ersten selbstständigen Schritten in der mathematischen Forschung bestätigt. Agnesi misst dem Austausch mit Belloni

---

33 Vgl. Kant, Immanuel: *Gedanken von der wahren Schätzung der lebendigen Kräfte und Beurtheilung der Beweise, derer sich Herr von Leibnitz und andere Mechaniker in dieser Streitsache bedienet haben, nebst einigen vorhergehenden Betrachtungen, welche die Kraft der Körper überhaupt betreffen.* Königsberg 1746. In: Kant: Vorkritische Schriften, Bd. 1, S. 15–218.
34 Vgl. Kant 1746, S. 15–218.
35 Winter: Vom Salon zur Akademie, 2007, S. 299.
36 Badinter 1984, S. 241.
37 Winter: Übersetzungsdiskurse der französischen Aufklärung, 2008, S. 24 f.

größte Bedeutung bei; sie bezeichnet ihn als ihren 'Ariadne-Faden' im mathematischen 'Labyrinth unentwirrbarer Irrwege'.[38] Allerdings muss sie auch die Erfahrung machen, dass sich ihr Briefpartner nur unzureichend auf die von ihr zur Diskussion gestellten mathematischen Fragen einlässt, so dass Agnesi in ihren wissenschaftlichen Anstrengungen nicht die Ermutigung und Förderung erhält, die wünschenswert wäre.[39] Belloni ist zum Teil nicht in der Lage, die Schwierigkeiten Agnesis aufzulösen. Zum Beispiel findet er zu einer Gleichung Michel de l'Hôpitals (1505–1573), mit der Agnesi nicht zurechtkommt, auch kein befriedigendes Resultat, obwohl er versucht, das Problem auf verschiedenen Wegen anzugehen. Vielleicht ist sein eigenes Unvermögen zu einer angemessenen Lösung zu kommen, verbunden mit der Befürchtung, ihren mathematische Höhenflug nicht mehr folgen zu können, der Grund für seinen Rat an Agnesi, dieses Problem auf sich beruhen zu lassen, statt sie zu weiteren Auseinandersetzungen damit anzuregen. Um was für eine Gleichung es sich handelt, geht aus dem Brief nicht hervor, doch wird aus dem Gesamtzusammenhang deutlich, dass Agnesi Belloni nach der Konstruktion der Wurzeln einer Gleichung höheren als zweiten Grades mit Hilfe zweier Kurven niedrigeren Grades oder nach der Konstruktion dieser Gleichung selbst auf ähnliche Art und Weise fragt.[40]

Agnesi lässt sich aber durch Bellonis Bemerkungen nicht entmutigen und von den sie beschäftigenden mathematischen Problemen abbringen. Da Bellonis Hilfe sie nicht weiterführt, schaltet sie andere Mathematiker ein, um Antwort auf ihre komplizierten Fragen aus der analytischen Geometrie zu bekommen. Brancone fungiert als Vermittler Agnesis in dieser Angelegenheit, denn er legt seinem Schreiben an Agnesi zwei Briefe von Mathematikern bei, die sich bemühen, ihr in ihrer mathematischen Forschung weiterzuhelfen. Brancone fordert Agnesi auf, ihm mitzuteilen, ob sie mit den Erklärungen der beiden Mathematiker etwas anfangen könne, und bietet ihr andernfalls an, zusätzlich die Stellungnahme eines weiteren Mathematikers einzuholen.[41] Aus diesen Äußerungen lässt sich auf den Schwierigkeitsgrad der fraglichen Probleme schließen.

In einem der beiden erwähnten Briefe gibt der Verfasser Guiseppe Orlandi (1713–1776) ein Mönch und späterer Bischof, der ebenfalls ein Schüler Rapinellis war,[42] zu verstehen, dass wohl auch l'Hôpital selbst Darstellung und Konstruktion der zur Debatte stehenden Kurve nicht bekannt gewesen seien.[43]

---

38 Brief Agnesis an Belloni (ohne Datum). In: Anzoletti 1900, S. 390.
39 Klens 1994, S. 76.
40 Brief Bellonis an Agnesi 03.07.1735. Klens 1994, S. 76.
41 Vgl. Brief Brancones an Agnesi 16.11.1738. Klens 1994, S. 77.
42 Mazzotti 2007, S. 174.
43 Brief Orlandis an Brancone 01.11.1738. In: Anzoletti 1900, S. 274.

Orlandi macht sich aber nicht die Mühe, Agnesis Fragen konkret zu beantworten (er gibt Arbeitsüberlastung und Zeitmangel vor) sondern belässt es bei einigen sehr allgemein gehaltenen Erklärungen für einen Lösungsansatz, indem er lediglich vorschlägt, die Kurve achten Grades als Schnitt einer Parabel mit einer Kurve vierten Grade zu bestimmen, was für Agnesi sicher nicht besonders aufschlussreich gewesen ist. Ob er sein Versprechen, die erwähnte Kurve später genauer zu untersuchen (um Agnesi dann ausführlich zu informieren) erfüllt hat, ist nicht bekannt. Wichtiger für Agnesis mathematische Entwicklung ist gleichwohl Orlandis Verweis auf Newtons Abhandlung über algebraische Kurven.[44] Auf den Einfluss dieser wegweisenden Schrift Newtons ist es wahrscheinlich zurückzuführen, dass Agnesi von einer strikten Cartesischen Auffassung der analytischen Geometrie, wie sie ihr durch das intensive Studium des *Traité Analytique des Sections Coniques* vermittelt wird, abrückt. L'Hôpital begreift analytische Geometrie wie Descartes mehr als ein Mittel, geometrisch oder kinematisch definierte Kurven durch Gleichungen auszudrücken, um dann Wurzeln bestimmter Gleichungen oder unbestimmte Gleichungen zu konstruieren. Demgegenüber steht Newton in der Tradition Pierre de Fermats (1607–1665), der analytische Geometrie hauptsächlich als eine Methode versteht, die Eigenschaften einer Kurve von ihrer Gleichung abzuleiten.[45] Agnesis Überzeugung, dass ein Kompromiss zwischen dem Verständnis analytischer Geometrie von Fermat und Descartes erstrebenswert sei, mag auch der Grund für die Aufgabe ihres ursprünglich geplanten Vorhabens gewesen sein, einen Kommentar zum Werk l'Hôpitals über Kegelschnitte zu verfassen.[46]

Zum Verhältnis von Belloni und Agnesi ist noch hinzuzufügen, dass Agnesi anfangs zwar als Schülerin ihrem Lehrer gegenübertritt und ihm ihre ersten mathematischen Problemlösungen zur Beurteilung unterbreitet. Doch später wandelt sich die Beziehung zwischen Belloni und Agnesi zu einem ebenbürtigen Verhältnis, was daran deutlich wird, dass umgekehrt auch Belloni Agnesi seine wissenschaftlichen Ausarbeitungen zur Prüfung vorlegt.[47]

Ferner wird Agnesi mathematisch-naturwissenschaftlich von Manara (1735 Professor für Logik, 1742 Lehrstuhl für Experimentalphysik) ausgebildet, der sie in die *Elemente* Euklids einarbeitet und sie in allgemeiner, spezieller und experimenteller Physik instruiert, was sich anhand eines Briefes von Manara an Agnesi vom 26.04.1733 bestätigen lässt.[48]

---

44 Brief Orlandis an Brancone 01.11.1738. In: Anzoletti 1900, S. 274.
45 Boyer 1988, S. 153.
46 Klens 1994, S. 79.
47 Klens 1994, S. 82.
48 Klens 1994, S. 82.

Außer dem Unterricht bei den genannten Lehrern ist für Agnesis weitere Entwicklung auf mathematischem Gebiet die Betreuung durch ihren Privatlehrer aus Kindertagen und Mathematikprofessor an der Universität Pavia, Ramiro Rampinelli (1697–1759), entscheidend. Unter seiner Leitung kann Agnesi ihr mathematisches Talent auf eine Art und Weise entfalten, die sie in die Lage versetzt, ein so anspruchsvolles Projekt wie eine zusammenfassende Studie aller Resultate im Bereich der analytischen Geometrie und der Infinitesimalrechnung der damaligen Zeit in Angriff zu nehmen.[49] Rampinelli ist der hervorragendste und berühmteste Lehrer Agnesis. Er hat wesentlich zum Fortschritt der Analysis in Italien beigetragen, da er zu den ersten gehörte, die es wagten, sich auf die neue Methode einzulassen. Sein größter Verdienst (neben bedeutenden eigenen Veröffentlichungen über Optik, Trigonometrie, Anwendung mathematischer Prinzipien auf die praktische Physik usw.) ist seine Förderung Agnesis seit 1740. Agnesi selbst gibt in ihren *Instituzioni Analitiche* zu verstehen, sie verdanke Rampinelli ihre mathematische Karriere.[50]

D'Alembert empfiehlt ihr Werk als grundlegende und umfassende Einführung in die Darstellung des Integralkalküls und der Integration von Differentialgleichungen. „Mademoiselle Agnesi, gelehrte Mathematikerin aus Mailand, hatte auch schon die Regeln der Integralrechnung in dem italienischen Werk „*Instituzioni Analitiche*" gesammelt."[51] Er fügt zwar einschränkend hinzu, Louis Antoine de Bougainvilles (1729–1811) *Traité du Calcul Intégral* sei noch vollständiger, doch ist dieses Werk erst 1754–56 in einer zweibändigen Ausgabe erschienen. Außerdem weist Bougainville im Vorwort darauf hin, von allen sich mit dieser Thematik beschäftigenden Schriften sei Agnesis *Instituzioni Analitiche* zum Zeitpunkt ihrer Publikation die ausführlichste Abhandlung der Infinitesimalrechnung, und das beste Werk über den Integralkalkül gewesen. Darüber hinaus räumt er ein, Agnesis Werk zähle zu den Quellen, aus denen er für den *Traité du Calcul Intégral* geschöpft habe.[52]

Die Wertschätzung ihres Analysis-Lehrbuchs ist auch aus zahlreichen Briefen von Wissenschaftlern und Prominenten an Agnesi zu entnehmen, die ihr zur Herausgabe ihres mathematischen Werkes gratulieren.

Obwohl die *Academie des sciences* in Paris ihre Aufnahme ablehnte, schrieb ihr deren Vorstandssekretär:

---

49 Alic 1987, S. 154.
50 Klens 1994, S. 83.
51 „*Mademoiselle Agnesi, Savante Mathématicienne de Milan, avait aussi déja recueilli les Regles de Calcul Intégral dans un ouvrage Italien, Intitulé Instituzioni Analitiche &c.*" Encylopédie, Artikel „Intégral", 1765.
52 Klens 1994, S. 122.

„Ich kenne kein anderes Werk auf dem Gebiet, das klarer, me-thodischer und umfassender wäre als Ihre 'Analytischen Gesetze'. In keiner Sprache gibt es ein Werk, das den Lernbegierigen siche-rer, schneller und weiter in die mathematische Wissenschaft ein-führt."[53]

Der Mathematiker und Naturwissenschaftler Giovanni Poleni (1683–1761) be-zeichnet ihre Abhandlung wegen der Nützlichkeit der darin enthaltenen Materie und der Art und Weise ihrer Darstellung als ausgezeichnet. Und dies nicht oh-ne Stolz darauf zu sein, dass es in Italien für eine Frau möglich sei, ein so vortreffliches mathematisches Werk zu schaffen:

„Demnach muss Italien Frankreich, das sich rühmt die Marquise von Chastellet zu haben, nicht mehr beneiden."[54]

Agnesis Verdienste werden außerdem von François Jacquier (1711–1788), dem Kommentator der Werke Newtons, gewürdigt , wie ebenso von Del Gi-udice, einem Mitglied der *Accademia delle Scienze di Bologna* (vgl. Abb. 11.1), der auch berichtet, der Experimentalphysiker Jean-Antoine Nollet (1700–1770) sehe die *Instituzioni Analitiche* als einen beträchtlichen Fortschritt in den ma-thematischen Wissenschaften an.[55]

Auch Laura Bassi (1711–1778) lässt es sich nicht nehmen, Agnesi zu ihren *Instituzioni Analitiche, „Ein gründliches und äußerst nützliches Werk, das in besonderer Art unser Geschlecht ehrt, indem es das besondere Talent zum Glän-zen bringt"*,[56] zu beglückwünschen.

Von anderen Gelehrten werden auch die Neuschöpfungen Agnesis hervorge-hoben. Brancone spricht von den *nuovi ritrovati* (neuen Erfindungen),[57] die sich in ihrer Analysis-Abhandlung fänden, und Paciaudi lobt die *scoperte* (Ent-deckung),[58] die ihre Schrift neben der präzisen Methode und dem gründlichen Vorgehen zu einem unvergleichlichen Werk machten, für welches der von Agnesi gewählte Titel zu bescheiden sei, denn *„jeder gerechte Kritiker wird dies eine vollständige und äußerst reichhaltige Abhandlung nennen.*"[59]

---

53 Beard 1968, S. 442.
54 *„Giustamente l'Italia non puo piu invidiare la francia, che si gloria d'avere la Marchesa du Chastellet"*, Brief Polenis an Agnesi 05.07.1749. Klens 1994, S. 123.
55 Vgl. den Brief Del Giudices an Agnesi 03.09.1749. Klens 1994, S. 125.
56 *„Una comiuta profonda ed utilissima opera che d'onorare in spezial maniera il seso nostro facendo in esse risplendere il singoöare talento"*, Brief Laura Bassis an Agnesi, 18.06.1749. Klens 1994, S. 125.
57 Vgl. Brief Brancones an Agnesi 20.11.1749. Klens 1994, S. 125.
58 Vgl. den Brief Paciaudis an Agnesi 05.07.1749. Klens 1994, S. 125.
59 *„Ogni giusto estimatore dara quello di compiuto, e ricchissimo trattato."* Brief Paciaudis an Agnesi 05.07.1749. Klens 1994, S. 125.

Die Beifallsbekundungen anderer hochgestellter Persönlichkeiten des öffentlichen Lebens, die selbst keine Forschung treiben und oft nicht einmal im Besitz grundlegender mathematischer Kenntnisse sind, können nicht als sachliche Stellungnahme, sondern nur als Komplimente gewertet werden.[60] Clifford Truesdell äußert sich in einem Aufsatz auch aus diesem Grund kritisch über die *„Instituzioni"* und seine Wirkung. Zu den zeitgenössischen Würdigungen bemerkte er, dass vieles daran Routine gewesen sei, erklärbar aus der Mode der Zeit, *Frauen mit Komplimenten zu überschütten."*[61]

Ein weiterer Beweis jedoch für die Anerkennung, die Agnesis mathematischem Werk entgegengebracht wird, sind die zahlreichen Ankündigungen und Rezensionen, die in den wissenschaftlichen Zeitschriften Europas über die *Instituzioni Analitiche* erscheinen. In Italien finden sich Beiträge in den *Novelle letterarie,*[62] in der *Storia letteraria d'Italia,*[63] in den *Novelle della Reppublica letteraria*[64] in *Giornale de'Letterati*[65] und im Ausland im *Journal des Sçavans,*[66] wie in den *Nova Acta Eruditorum.*[67]

Die Wertschätzung der *Instituzioni Analitiche* wird ebenfalls offenbar an der Aufmerksamkeit, die Papst Benedikt XIV. Werk und Autorin widmet. Der wissenschaftlich aufgeschlossene und interessierte (wenn auch mathematisch nicht besonders gebildete) Papst begrüßt ausdrücklich die Publikation von Agnesis Lehrbuch zur Analysis und er ist es auch, der sie im Kirchenstaat Bologna zur Professorin an die Universität beruft.[68] Agnesi wäre nach der Veröffentlichung der *Instituzioni Analitiche* auch sicher in die *Académie des Sciences* aufgenommen worden, wenn es die Statuten erlaubt hätten eine Frau zuzulassen.[69]

---

60 In diesem Sinne sind die Briefe Grimanis, der im Namen der Dogen von Venedig schreibt (28.06.1749) Pallavicinis, der im Auftrag Maria Theresias auf Agnesis Widmung antwortet (05.12.1749), Wicardel de Fleuris, der den Prinzen Joseph Friedrich von Savoyen (1702–1787) vertritt (13.09.1749), und des Prinzen Friedrich August von Sachsen (1696–1763) (24.08.1749) aufzufassen.

61 *„Many of the compliments paid to Maria Gaetana seem routine. All of those printed refer with praise and amazement to the rarity of her achievements for one of her sex"* ('una donzella' etc.). Truesdell 1989, S. 113–142.

62 Vgl. Bd. X. Firenze 1749, S. 492–496 (in: Nr. 31 von 1.8) und 586 f (in: Nr. 37 von 12.9).

63 Vgl. Bd. 1, 9/1748-9/1749, Venezia 1750², S. 116 f.

64 Vgl. Venezia 1750, S. 180 f (in: Nr. 23 von 6.6.).

65 Vgl. Bd. VI. Firenze 1750, S. 7–22.

66 Vgl. Paris 1750, S. 309 f (in: Heft vom Mai).

67 Vgl. Leipzig 1750, S. 605–609 (in: Heft XIII vom Oktober).

68 Osen 1974, S. 46.

69 Diese Ansicht vertritt auch Fontanieu in seinem Brief an eine unbekannte Adressatin vom 15.12.1749. Derselbe Verfasser scheibt am 27.09.1749 an Agnesi: *„Vous Rendez aux Sciences ce Quelle viennent de Perdre dans l'illustre Marquise du Châtelet, que la mort vient de leur ravir parmi nous."*

Abbildung 11.1:
Accademia delle Scienze di Bologna im Palazzo Poggi

(Wikipedia)

Zusammenfassung

Agnesi, wie du Châtelet, lassen sich von der intensiven Arbeit, die für ihre Einführungen in die Infinitesimalrechnung bzw. Mechanik (wie auch Optik und Astronomie) jeweils erforderlich ist, aber zum Teil nicht einmal sichtbar wird, nicht von der Realisierung ihrer aufwendigen (Lehr-)Projekte abhalten. Damit tragen sie zum mathematisch-physikalischen Fortschritt bei, indem sie zukünftigen Forschern den Zugang zur Wissenschaft erleichtern, und die Kontrolle der Wissenschaftsentwicklung einem breiten 'aufgeklärten' Publikum ermöglichen.

Dem pädagogischen Verständnis der Aufklärung, welches sich auf die Formel 'Aufklärung durch wissenschaftliche Bildung' bringen lässt, entspricht es, dass Agnesi ihre *Instituzioni Analitiche* in italienischer Sprache schreibt und du Châtelet Newtons *Philosophiae naturalis principia mathematica* ins Französische überträgt. So können sie die bedeutendsten Erkenntnisse ihrer Zeit, die Analysis und die klassische Mechanik, nicht nur Gelehrten welche die lateinische Sprache beherrschen, sondern einer größeren interessierten Öffentlichkeit nahebringen.

Einem kritischen Selbstverständnis von Wissenschaft, die sich demnach zu einer intersubjektiv nachprüfbaren methodischen Rechtfertigung ihrer Sätze verpflichtet, entsprechen sie auch dadurch, dass sie die wissenschaftlichen Erkenntnisse in einem geordneten systematischen Aufbau präsentieren und wissenschaftliche Grundlagen und Begriffe reflektieren. Agnesi intendiert, die Analysis mit ihrer geometrischen Begründung des Unendlichkeitsbegriffs auf ein sicheres Fundament zu stellen. Du Châtelet ist an der Klärung naturphilosophischer und physikalischer Grundbegriffe sowie Naturgesetze gelegen. In ihren *Propositiones philosophicae* bemüht sich Agnesi genau wie du Châtelet in ihren *Institutions physiques* – um eine erkenntnistheoretische Untermauerung der Physik. Ihre Werke verfolgen damit das Ziel, sich an Ideen zu orientieren, die auch der *Encylopédie* zugrunde liegen,[1] die fachwissenschaftlichen Ergebnisse

---

1 Klens 1994, S. 374 f.

zum einen in einen geordneten Zusammenhang zu bringen und sie zum anderen inhaltlich umfassend darzustellen.

Dass sie solche Leistungen vollbringen konnten, liegt nicht zuletzt begründet in ihrem jeweiligen Elternhaus, welches ihre Talente erkannt und gefördert hat. Besonders wichtig für ihre Erziehungs- und Bildungssituation war sicherlich auch der Bewusstseinswandel bezüglich der Erziehung und Ausbildung des Nachwuchses innerhalb der Aristokratie. Eine inhaltlich gute und anspruchsvolle Ausbildung wurde in der ersten Hälfte des 18. Jahrhunderts mehr und mehr Bestandteil einer standesgemäßen Erziehung, deren Ziel die Sicherung des sozialen und ökonomischen Status war. Dieser Wandel kam du Châtelet und Agnesi zugute, da sie beide in einem bildungsbewussten Elternhaus aufwuchsen. Ihre Eltern übernahmen die beschriebene Erziehungsverantwortung und ermöglichten ihren Töchtern den Zugang zur Welt des Wissens und bereiteten dadurch den Weg der Töchter zu Gelehrten.[2]

Auch lohnt es sich, die Geschlechterbilder und -stereotype, die das Bild von den Lehrern und Lehrerinnen in den Adelshäusern prägten, einer genaueren Betrachtung zu unterziehen: der väterliche Erzieher und die mütterliche Gouvernante. Im Falle du Châtelet versperrten diese Vorstellungen den Blick auf die Bedeutung der Mutter für du Châtelets Bildungsweg. Die Mutter und nicht der Vater war die intellektuelle Förderin du Châtelets. Bisher hielt man deren außergewöhnlich gute Bildung für das Ergebnis des väterlichen Einflusses.[3]

Allem Anschein nach sind in Agnesis Fall die Ambitionen ihres Vaters ausschlaggebend für die außergewöhnliche Förderung ihrer geistigen Entwicklung. Er geht davon aus, dass die intellektuellen Leistungen seines frühreifen ältesten Kindes, auch wenn oder gerade weil es ein Mädchen ist, ihm ein höheres Ansehen einbrächte.

Bei beiden Frauen stellt sich die Frage, ob sie ihre gute Ausbildung nur wegen ihrer Brüder erhalten haben, oder ob die Eltern sie auch ohne die Perspektive auf deren berufliche Karriere in z. B. Latein unterrichtet hätten. Wenn dies der Fall wäre, würde sich ferner die Frage stellen, ob die These von einer intellektuell und kognitiv anspruchslosen weiblichen Erziehung im Europa des 18. Jahrhunderts in ihrem pauschalisierenden Allgemeingültigkeitsanspruch haltbar ist.[4]

Der offizielle Zugang zur Universität, und in Frankreich zu Akademie und Kaffeehaus, blieb Frauen mit Interesse an Naturwissenschaften verwehrt. Die

2 Böttcher 2013, S. 33.
3 Böttcher 2013, S. 33.
4 Böttcher 2013, S. 14.

Akademien mit ihren Ausschreibungen und Preisschriften bildeten neben den Rezensionen in wissenschaftlichen Zeitschriften einerseits, und den zügig edierten Übersetzungen andererseits, das Fundament für einen europaweiten Austausch in den Wissenschaften. Ihre Preisfragen boten Frauen eine Möglichkeit, als Wissenschaftlerinnen aktiv an wissenschaftlichen Wettbewerben teilzunehmen.[5]

Für das weibliche Bildungsinteresse bot die Salon- und Briefkultur des 18. Jahrhunderts einen im Schonraum der Privatsphäre angesiedelten Handlungsspielraum, der den Frauen spezifische Möglichkeiten eröffnete, aktiv am kulturellen Leben teilzunehmen, und den Austausch und die Vermittlung verschiedener Kulturen und Literaturen mitzugestalten. Ferner erlaubten die Salons den Frauen vor allem den Aufbau eines Bekanntenkreises und Netzwerkes, zu dem gerade bei du Châtelet viele und wichtige Akademiker gehörten. So konnten die Damen sich über Gespräche und Briefwechsel mit den Gelehrten und Wissenschaftlern informieren und später auch mit ihnen wissenschaftlich diskutieren. Der vertraute Umgang mit Vertretern des kulturellen Lebens, die Vernetzung oder Zusammenarbeit mit Partnern und der Versuch, sich ökonomisch unabhängig zu machen, kennzeichnet die Biographien vieler Wissenschaftlerinnen. Des Weiteren gab es immer zahlreichere öffentliche Kurse oder die populärwissenschaftlichen Lehrbücher, mit einem Fokus auf weiblichem Publikum. Dies zeugte von der großen Begeisterung für die Naturwissenschaften im Zeitalter der Aufklärung.[6]

Émilie du Châtelet war eine Frau des 18. Jahrhunderts, die gezeigt hat, dass die Frauen ihrer Klasse imstande waren, die Herausforderung der weiblichen Freiheit anzunehmen. In ihrem *Discours sur le bonheur* ermuntert sie ihre Leserinnen, sich über die gesellschaftlichen Vorurteile gegenüber der gelehrten Frau hinwegzusetzen und selbstbewusst das Glück in der intellektuellen Tätigkeit zu finden.[7] Ihr Erfolg war umso bemerkenswerter, als Émilie du Châtelet an der Seite eines der berühmtesten Männer des Jahrhunderts lebte. Dass sie nicht in seinem Schatten stand und die Glaubwürdigkeit ihres Talents nicht grundsätzlich angezweifelt wurde, lag an du Châtelets Persönlichkeit und an Voltaires tolerantem Feminismus.[8]

Maria Gaetana Agnesis Lehrbuch der Infinitesimalrechnung schloss eine existierende Lücke in der damaligen Auswahl der Mathematiklehrbücher. Das

---

5 Wehinger 2008, S. 7.
6 Peiffer 1992, S. 222.
7 Wehinger 2008, S. 13.
8 Badinter 1984, S. 256.

erste Lehrbuch dieser Art war die rund 50 Jahre früher erschienene *Analyse des infiniments petits* des Marquis de l'Hôpital gewesen; dann gab es noch das Lehrbuch des französischen Oratorianers Charles Reyneau von 1707/08, das Maria Agnesi benutzt hat, und welches nach dem Urteil von Zeitgenossen und von späteren Mathematikhistorikern schwer verständlich und voller Fehler war. Inzwischen hatte sich dieser Zweig der Mathematik aber erheblich weiterentwickelt. Maria Gaetana Agnesi berücksichtigte dies in ihren *Instituzioni Analitiche*, und fügte alles was seit Beginn des Jahrhunderts an Neuem dazu gekommen war, in ihrem Lehrbuch hinzu. Dabei ging es ihr, wie sie im letzten Satz der Einleitung betont darum, sich mit der größtmöglichen Klarheit auszudrücken.[9]

Agnesis zunehmend sozial-karikatives und religiöses Engagement, aber auch ihr gesellschaftlicher Status als Wissenschaftlerin, die sich stets als Ausnahmeerscheinung zu exponieren hat, scheinen Erklärungen zu sein dafür, dass sie sich von der Wissenschaft gänzlich zurückgezogen hat. Bei allem Wohlwollen, welches Agnesi in Italien und im Ausland entgegengebracht wurde, ist es ganz und gar nicht die Regel, sondern bleibt doch die seltene Abweichung von der Norm, dass eine Frau für fähig gehalten wird, erstklassige mathematische Leistungen zu erbringen. Die permanente Auseinandersetzung mit derartigen Vorurteilen, neben sozialen und persönlichen Nachteilen als Frau die sich der Wissenschaft verschrieben hat, haben sicher auch Agnesi letztlich dazu bewogen, ihre mathematische Forschung aufzugeben. Für diese Absage an die Wissenschaft allein ihren christlichen Glauben verantwortlich zu machen hieße, den Zusammenhang zwischen beiden Gründen zu vernachlässigen, dass nämlich eine Außenseiterin der Gesellschaft in der Religion ihre Zuflucht sucht, um eine sowohl sozial tolerierte als auch für sie akzeptable Rolle außerhalb der Ehe einzunehmen.[10]

Bemerkenswert scheint mir der Umstand zu sein, dass im 18. Jahrhundert in Italien, und insbesondere in dem als Teil des Kirchenstaates direkt vom Papst beherrschten Bologna, Frauen mit naturwissenschaftlicher oder mathematischer Neigung und Begabung in ihrer Entfaltung weit mehr Unterstützung fanden als in Frankreich, wo man zwar die Aufklärung proklamierte, doch nicht nur im 18. Jahrhundert, sondern sogar bis ins 20. Jahrhundert Frauen nicht in die *Académie des Sciences* aufgenommen wurden.[11]

Eine Gemeinsamkeit von du Châtelet und Agnesi ist, dass ihre Möglichkeiten in hohem Maß von ihrer sozialen Position und der Unterstützung durch männli-

---

9 Kleinert 1990, S. 77.
10 Klens 1994, S. 135.
11 Kleinert 1990, S. 81.

che Wissenschaftler abhängig waren, die oft zu Lehrern und Freunden wurden, ihnen gelegentlich aber auch in den Rücken fielen. Doch auch obwohl beide Frauen beträchtliche Berühmtheit erlangten, waren sie immer noch stark dem Gebot weiblicher Bescheidenheit unterworfen, dass sie öffentlich sämtliche Verdienste und Begabungen abstritten und wohl oft genug auch selbst nur gering von sich dachten. Trotz der verschiedenen Vorbilder in halbwegs anerkannten Modellen forderte die aktive Beteiligung am Unternehmen Wissenschaft von den Frauen vor allem eine ungeheure psychische Kraft.[12]

---

12 Ceranski 2000, S. 295.

Abbildung 12.1:
Jean-Jacques Rousseau (1712–1778),
Pastell von Maurice Quentin De La Tour (1753),
Émile ou de l'éducation (Émile oder über die Erziehung), (Amsterdam 1762)

Wikipedia (gemeinfrei, Portrait drittes Viertel 18. Jahrhundert)

Fazit

Von zentraler Bedeutung für den Bildungsweg und die Wissenszugänge von Émilie du Châtelet und Maria Gaetana Agnesi sind einerseits ihr biologisches Geschlecht und andererseits ihre Zugehörigkeit zum Adel. Es war ihr Frausein, das die beiden Wissenschaftlerinnen an die historisch wirksamen Geschlechterbilder und Geschlechterstereotype band. Sie bestimmten den wertenden Blick der anderen (Gelehrte, Freunde, Bekannte, Gesellschaft u. ä.) auf du Châtelet und Agnesi als wissenschaftlich interessierte und ambitionierte Frauen und auf ihr wissenschaftliches Arbeiten. Das Verhalten von du Châtelet und Agnesi selbst, war ebenfalls von den sozialen und gesellschaftlichen Erwartungen an die Geschlechter beeinflusst und geprägt. Die Kategorien Geschlecht und Schicht beeinflussten die Curricula, bestimmten und begründeten Zugänge zum Wissen und zur Bildung auf institutioneller und informeller Ebene. So waren es nicht nur Émilie du Châtelet und Maria Gaetana Agnesi als Individuen, die mit ihrem ausgeprägten Willen zum Wissen ihren wissenschaftlichen Werdegang bestimmten.

Den bis heute spürbaren Gendergap in den Fachrichtungen der Naturwissenschaften und der Mathematik, der sich anhand der eher geringen Zahl an Mathematikerinnen und Naturwissenschaftlerinnen ablesen lässt, ist in dem Ausschluss der Frauen aus vergangenen Jahrhunderten mitbegründet. Durch die Restriktionen der Frauen entstanden Geschlechterbilder und -stereotype, die auf der imaginären und fiktiven Ebene wirkten und heute noch wirken. Durch sie werden Männer als Akademiker und wissenschaftliche Experten wahrgenommen, während Frauen überwiegend als Konsumentinnen des mathematischen und naturwissenschaftlichen Expertenwissens gelten.

Die Karrieren der beiden Wissenschaftlerinnen Émilie du Châtelet und Maria Gaetana Agnesi können für die heutige Generation von Frauen und Männern sowohl entmutigend als auch ermutigend sein; entmutigend, weil Frauen und „frauenfreundlich", d. h. gesamtmenschheitlich denkende Männer immer von neuem gegen die biologische, geistige und moralische Verkennung des weiblichen

Geschlechts ankämpfen, da die gleichen Vorurteile in Bezug auf theoretische und praktische Fähigkeiten von Frauen die Jahrhunderte hindurch unermüdlich widerlegt werden müssen; ermutigend, weil es nicht etwa erst seit der Mitte des 19. Jahrhunderts, sondern schon seit jeher Frauen gab (und dies nicht nur vereinzelt), die diese Argumente bekämpften. Unterstützt von einem starken männlichen Beistand gegen eine doch letztlich prävalente Übermacht, denn die Klarheiten, die geschaffen wurden, blieben niemals lange im Bewusstsein des jeweiligen Zeitalters erhalten. Es ist, als ob jede Generation von neuem für sich diese Arbeit leisten müsste.

Quellen- und Literaturverzeichnis

AGNESI, MARIA GAETANA: *Propositiones philosophicaes*. Mailand: Malatesta 1738.

AGNESI, MARIA GAETANA: *Instituzioni Analitiche*. Mailand: Malatesta 1748.

AGNESI, MARIA GAETANA: *Instituzioni Analitiche. Analytical Institutions: in Four Books. Orinally written in Italian by Donna* MARIA GAETANA AGNESI. Translated by JOHN COLSON. London: Taylor & Wilks 1801.

ALIC, MARGARET: *Hypatias Töchter. Der verleugnete Anteil der Frauen an der Naturwissenschaft.* Zürich: Unionsverlag 1986.

ANZOLETTI, LUISA: *Maria Gaetana Agnesi.* Mailand: Cogliati 1900.

AYER, ALFRED J.: *Voltaire.* Frankfurt am Main: Athenäum 1987.

BACHELARD, GASTON: *Die Bildung des wissenschaftlichen Geistes. Beitrag zu einer psychoanalyse der objektiven Erkenntnis.* Frankfurt am Main: Suhrkamp 1987.

BADINTER, ELISABETH: *Émilie, Émilie. Weiblicher Lebensentwurf im 18. Jahrhundert.* München: Piper 1984.

BADINTER, ELISABETH: *Mutterliebe. Die Geschichte eines Gefühls vom 17. Jahrhundert bis heute.* München: Piper 1992.

BARBER, WILIAM HENRY: *Leibniz in France. from Arnauld to Voltaire; a study in French reactions to Leibnizianism, 1670–1760.* Oxford: Clarendon Press 1955.

BEARD, MARY R.: *On understanding women.* New York: Greenwood Press 1968.

BENNENT, HEIDEMARIE: *Galanterie und Verachtung. Eine philosophiegeschichtliche Untersuchung zur Stellung der Frau in Gesellschaft und Kultur.* Frankfurt, New York: Campus 1985.

BÖTTCHER, FRAUKE: Formen mathematischer und naturwissenschaftlicher Wissensvermittlung im 17. Jahrhundert in Frankreich. In: MUSOLFF,

Hans-Ulrich und Göing, Anja (Hg.): *Anfänge und Grundlegungen moderner Pädagogik im 16. und 17. Jahrhundert.* Köln, Weimar, Wien: Böhlau 2003, S. 189–212.

Böttcher, Frauke: *Das mathematische und naturphilosophische Lernen und Arbeiten der Marquise du Châtelet (1706–1749): Wissenszugänge einer Frau im 18. Jahrhundert.* Berlin: Springer Spektrum 2013.

Boyer, Carl B.: *History of Analytic Geometry.* New York: Scripta Mathematica 1988.

Brockliss, Laurence W. B.: *French higher education in the seventeenth and eighteenth centuries: a cultural history.* Oxford: Clarendon Press 1987.

Brokmann-Nooren, Christiane: *Weibliche Bildung im 18. Jahrhundert. „gelehrtes Frauenzimmer" und „gefällige Gattin".* Oldenburg: Bibliotheks- und Informationszentrum der Universität (Beiträge zur Sozialgeschichte der Erziehung, Bd. 2) 1994.

Brosses, Charles de: *Lettres familières su l'Italie.* Publiés par Yvonne Bezard. Paris: Firmin-Didot 1931.
Des Präsidenten de Brosses vertrauliche Briefe aus Italien an seine Freunde in Dijon 1739–1740. Übersetzt von Werner Schwartzkopf. Bd. 1. München: Müller Verlag 1918.

Cantor, Moritz: *Vorlesungen über Geschichte der Mathematik, Bd. 3.* Leipzig: Johnson Reprint 1901.

Ceranski, Beate: Wunderkinder, Vermittlerinnen und ein einsamer Marsch. In: Opitz/Weckel/Kleinau (Hg.): *Tugend, Vernunft und Gefühl.* 2000, S. 289–298.

Châtelet, Émilie du: *Traduction de la «Fable des Abeilles» de Mandeville. [1705]* Introduction. Recherches sur l'origine de la vertu morale. [Bienenfabel] 1735–36. In: Wade 1947, S. 131.

Châtelet, Émilie du: Institutions physiques. In: *Christian Wolff. Gesammelte Werke, Bd. 28.* 1742. Nachdruck: Hildesheim, Zürich, New York: Olms 1988.

Châtelet, Émilie du: *„Sur la nature du feu."* In: *Mercure de France,* (Juni 1739), Bd. II, S. 1320–1328.

Châtelet, Émilie du: *Dissertation sur la nature et la propagation du feu.* Paris: Prault 1744.

CHÂTELET, ÉMILIE DU: *Rede vom Glück. Discours sur le bonheur. Mit einer Anzahl Briefe der Mme du Châtelet an den Marquis de Saint-Lambert.* Paris: Desaint & Saillant, et Lambert 1756. Aus dem Französischen übersetzt und hg. von IRIS ROEBLING. Berlin: Friedenauer Presse 1999.

CHÂTELET, ÉMILIE DU: *Les Lettres de la marquise du Châtelet. Vol. 2.* Hg. von THEODORE BESTERMANN. Genève: Institut et Musée de Voltaire 1958.

CHÂTELET, ÉMILIE DU: Unpublished Papers of Madame du Châtelet. In: WADE, IRA O.: *Studies on Voltaire.* Princeton: American Philosophical Society 1947, S. 131–241.

COLSON, JOHN: *Analytical Institutions: in Four Books. Orinally written in Italian by Donna Maria Gaetana Agnesi.* (Übersetzung von Agnesis „Instituzioni analitiche" ins Englische). London: Taylor & Wilks 1801.

CRÉQUI, RENÉE CAROLINE DE FROULAY DE: *Souvenirs de la maruise de Créquy 1710 à 1800, Bd. 1–7.* Paris: Calmann Lévy 1834, Bd. 1.

CRIVELLI, GIOVANNI: *Elementi di fisica.* Venedig: Baglioni 1744, Bd. 2, 7. Buch.

DELLIAN, ED (Hg.): Einleitung. In: NEWTON: *Mathematische Grundlagen der Naturphilosophie, IX.* Hamburg: Meiner 1988.

DENZ, CORNELIA (Hg.): *Von der Antike bis zur Neuzeit – der verleugnete Anteil der Frauen an der Physik.* Darmstadt: Technische Hochschule 1994.

Der Gesellige, eine moralische Wochenschrift Halle: Gebauer (1748–1750).

DIDEROT, DENIS & JEAN BAPTISTE LE ROND D'ALEMBERT: *Encyclopédie ou Dictionnaire raisonné des sciences, des arts et des métiers.* 35 Vol. Paris 1751–1780. Reprint in 35 Bänden: Stuttgart-Bad Cannstatt: Frommann-Holzboog 1968–1995.

DULONG, CLAUDE: Salonkultur und Literatur von Frauen. In: DUBY, GEORGES & MICHELLE PERROT: *Geschichte der Frauen, Bd. 3, Frühe Neuzeit.* Frankfurt am Main: Campus 1997, S. 416–417.

EDWARDS, SAMUEL: *Die göttliche Geliebte.* Stuttgart: Deutsche Verlagsanstalt 1971.

EHRMANN, ESTHER: *Mme du Châtelet. Scientist, Philosopher and Feminist of the Enlightenment.* New York: Columbia University Press, Leamington Spa, UK: Berg 1986.

FARA, PATRICIA: Elizabeth Tollet. A New Newtonian Woman. In: *History of Science,* Bd. 40, London: Sage 2002, S. 172.

FELDEN, HEIDE VON: Marianne Ehrmann und die Bildung der Frauen durch Schriften im ausgehenden 18. Jahrhundert. In: KLEINAU, ELKE (Hg.): *Frauen in pädagogischen Berufen, Bd. 1.* Bad Heilbrunn: Klinkhardt 1996, S. 39.

FONTENELLE, BERNARD DE: *A Week's Conversation on the Plurality of Worlds.* Translated by WILIAM GARDENER. London: Bettesworth et akl. 1737.

FRISI, ANTONIO FRANCESCO: *Eglio storico de Maria Gaetana Angesi, Milanesi,* del instituto delle science e lettrice onoraria de mathemamtiche della Universita de Bologna. Mailand 1799.

GÖSSMANN, ELISABETH (Hg.): *Ob die Weiber Menschn seyn, oder nicht?* München: Iudicium 1988.

GÖSSMANN, ELISABETH: Das wohlgelahrte Frauenzimmer. In: *Archiv für philosophie- und theologie-geschichtliche Frauenforschung, Bd. 1.* München: Iudicium 1984, S. 20.

Göttingische Zeitungen von gelehrten Sachen: auf das Jahr MDCCXL. Göttingen: Dieterich 1740.

HAGENGRUBER, RUTH: Émilie du Châtelet: Metaphysik der Wissenschaften zwischen Leibniz und Newton. In: BREGER, HEBERT (Hg.): *Einheit in der Vielheit.* Vorträge; VIII. Internationaler Leibniz-Kongress, Hannover, 24.–29. Juli 2006 Teil 1. Hannover: Gottfried-Wilhelm-Leibniz-Gesellschaft 2006, S. 290.

HARDACH PINKE, IRENE & GERD HARDACH (Hg.): *Kinderalltag. Deutsche Kindheiten in Selbstzeugnissen 1700–1900.* Reinbek bei Hamburg: Rowohlt 1978.

HARSDÖRFER, GEORG PHILIPP: *Frauenzimmer Gesprächsspiele, Bd. I–VIII.* Nürnberg: Wolfgang Endtern 1641–1649. Hg. von IRMGARD BÖTTCHER. Tübingen: Niemeyer 1968/69.

JACOBI, JULIANE: Eine europäische Modellschule: Madame de Maintenon und Saint-Cyr. In: BALL, GABRIELE & JULIANE JACOBI: *Schule und Bildung in Frauenhand. Anna Vorwerk und ihre Vorläuferinnen.* Wiesbaden: Harrassowitz 2015, S. 18.

JINDRÁKOVA, TEREZA UND JAROSLAV FOLTA: Die Rolle von Mme du Châtelet in der Anwendung des Infinitesimalkalküls in Newtons Principia. In: PICHLER, FRANZ (Hg.): *Von den Planetentheorien zur Himmelsmechanik.* Linz: Trauner (Schriftenreihe Geschichte der Naturwissenschaften und der Technik; Bd. 4) 2004, S. 156.

KANT, IMMANUEL: Gedanken von der wahren Schätzung der lebendigen Kräfte und Beurtheilung der Beweise, derer sich Herr von Leibnitz und andere Mechaniker in dieser Streitsache bedienet haben, nebst einigen vorhergehenden Betrachtungen, welche die Kraft der Körper überhaupt betreffen. In: KANT, IMMANUEL: *Vorkritische Schriften, Bd. 1.* Königsberg: Martin Eberhard Dorn 1746, S. 15–218.

KENNEDY, HUBERT: Maria Gaetana Agnesi (1718–1799). In: GRINSTEIN, LOUISE S. & PAUL J. I. CAMPBEL (Hg.) & Schafer, Alice (Vorr.): *Women of mathematics. A biobibliographic sourcebook.* New York: Greenwood 1987, S. 1.

KENNEDY, HUBERT: The Witch of Agnesi – Exorcised. In: *The Mathematics Teacher*, Bd. 62. New York: Providence 1969, S. 480–482.

KING, MARGARET L.: *The Renaissance in Europe.* London: Laurence King Publishing 2003.

KLEINERT, ANDREAS: Maria Gaetana Agnesi und Laura Bassi – zwei italienische gelehrte Frauen im 18. Jahrhundert. In: SCHMIDT, WILLI & CHRISTOPH J. SCRIBA (Hg.): *Frauen in den exakten Naturwissenschaften.* Festkolloquium zum 100. Geburtstag von Frau Dr. Margarethe Schimank (1890–1983). Stuttgart: Steiner 1990, S. 72–81.

KLENS, ULRIKE: Châtelet-Lomont, Gabrielle-Émilie du. In: MEYER, URSULA I. & HEIDEMARIE BENNENT-VAHLE (Hg.): *Philosophinnen Lexikon.* Berlin: Reclam 1994, S. 90–92.

KLENS, ULRIKE: Agnesi, Maria Gaetana. In: MEYER, URSULA I. & HEIDEMARIE BENNENT-VAHLE (Hg.): *Philosophinnen Lexikon.* Berlin: Reclam 1994, S. 8–11.

KLENS, ULRIKE: *Mathematikerinnen im 18. Jahrhundert: Maria Gaetana Agnesi, Gabrielle-Émilie du Châtelet, Sophie Germain, Fallstudien zur Wechselwirkung von Wissenschaft und Philosophie im Zeitalter der Aufklärung.* Pfaffenweiler: Centaurus 1994.

KNIGGE, ADOLPH FREIHERR VON: *Über den Umgang mit Menschen.* Hannover: Schmidtsche Buchhandlung 1788. Hg. von KARL-HEINZ GÖTTERT. Stuttgart 1991.

KRAUS, GERLINDE: *Bedeutende Französinnen.* Mühlheim am Main: Schröder 2006.

KUHN, THOMAS: *Die Struktur wissenschaftlicher Revolutionen.* Frankfurt am Main: Suhrkamp 1993.

Labalme, Patricia (Hg.): *Beyond Their Sex, Learned Women of the European Past.* New York: New York University Press 1980.

Lehner, Ulrich L.: *The Catholic Enlightenment. The Forgotten History of a Global Movement.* Oxford: Oxford University Press 2016.

Locke, John: Some thoughts concerning education (1692). In: *English philosophers of the seventeenth and eighteenth centuries.* New York: Collier 1910, S. 89.

Lundt, Bea: Zur Entstehung der Universität als Männerwelt. In: Kleinau, Elke & Claudia Opitz (Hg.): *Geschichte der Mädchen- und Frauenbildung, Bd. 1: Vom Mittelalter bis zur Aufklärung.* Frankfurt am Main: Campus 1996.

Mach, Ernst: *Die Mechanik in ihrer Entwicklung.* Leipzig: Akademie Verlag 1901.

Malueg, Sara: Women and the Encylopédie. In: Spencer, Samia (Hg.): *French Women and the Age of Enlightenment.* Bloomington: Indiana University Press 1984, S. 260.

Mandeville, Bernard de: Fable des abeilles, aus dem Englischen von Émilie du Châtelet, Vorwort. In: Wade, Ira O.: *Studies on Voltaire.* Princeton: Princeton University Press 1947, S. 131–138.

Martens, Wolfgang (Hg.): *Der Patriot* (nach Originalausgabe Hamburg 1724–1726 in drei Textbänden und einem Kommentarband). Berlin: Rissner 1984.

Maurel, André: *La Marquise du Châtelet.* Liévin: L'Illustration 1930.

Mazzotti, Massimo: *The World of Maria Gaetana Agnesi, Mathematican of God.* Baltimore: Johns Hopkins University Press 2007.

Mazzotti, Massimo: The lives of Agnesi. In: Lawrence, Snezana & Mark McCartney (Hg.): *Mathematicians and their gods.* Oxford: Oxford University Press 2015, S. 146–147.

Meschkowski, Herbert: *Problemgeschichte der Mathematik II.* Mannheim, Wien, Zürich: Bibliographisches Institut 1981.

Möbius, Helga: *Die Frau im Barock.* Leipzig: Kohlhammer 1982.

Möbius, Paul J.: *Über die Anlage zur Mathematik.* Leipzig: Barth 1907.

Möhrmann, Renate: Die vergessenen Mütter. Zur Asymmetrie der Herzen im bürgerlichen Trauerspiel. In: Möhrmann, Renate (Hg.): *Verklärt, verkitscht, vergessen. Die Mutter als ästhetische Figur.* Stuttgart: Metzler 1996, S. 71–91.

MÜNSTER, LADISLAO: Women Doctors in Mediaeval Italy. In: *Ciba Symposium* **10** (1962).

OSEN, LYNN M.: *Women in Mathematics.* Cambridge, MA: MIT Press 1974.

OPITZ, CLAUDIA: Mutterschaft und weibliche (Un-)Gleichheit in der Aufklärung. Ein kritischer Blick auf die Forschung. In: OPITZ/WECKEL/KLEINAU (Hg.): *Tugend, Vernunft und Gefühl.* 2000, S. 98.

OPITZ, CLAUDIA; WECKEL, ULRIKE & ELKE KLEINAU (Hg.): *Tugend, Vernunft und Gefühl. Geschlechterdiskurse der Aufklärung und weibliche Lebenswelten.* Münster: Waxmann 2000.

OUTRAM, DORINDA: Before Objektivity: Wives, Patronage and Cultural Reproduction in Early Nineteenth-Century French Science. In: PNINA ABIR-AM & DORINDA OUTRAM (Hg.): *Uneasy Careers and Intimate Lives.* New Brunswick: Rutgers University Press 1987, S. 19.

PEIFFER, JEANNE: Damenwissenschaften in der französischen Aufklärung. In: GRABOSCH, ANNETTE & ALMUT ZWÖLFER (Hg.): *Frauen und Mathematik. Die allmähliche Rückeroberung der Normalität?* Tübingen: Attempto 1992, S. 215–222.

POSER, HANS: *Gottfried Wilhelm Leibniz zur Einführung.* Hamburg: Junius 2005.

RADBRUCH, KNUT: Geleitwort: Das gelehrte Frauenzimmer. In: TOBIES, RENATE (Hg.): *„Aller Männerkultur zum Trotz" – Frauen in Mathematik und Naturwissenschaften.* Frankfurt am Main: Campus 2008, S. 16–17.

REYNOLDS, MYRA: *The learned lady in England 1650–1760.* Boston: Houghton Mifflin 1920.

ROUSSEAU, JEAN-JACQUES: *Émile oder Über die Erziehung.* (Émile ou De l'éducation, 1762) Übersetzt und hg. von MARTIN RANG. Stuttgart: Anaconda 1990.

SCHIEBINGER, LONDA: Wissenschaftlerinnen im Zeitalter der Aufklärung. In: KLEINAU, ELKE & CLAUDIA OPITZ (Hg.): *Geschichte der Mädchen- und Frauenbildung, Bd. 1, Vom Mittelalter bis zur Aufklärung.* Frankfurt am Main: Campus 1996, S. 295.

SCHIEBINGER, LONDA: *Schöne Geister. Frauen in den Anfängen der modernen Wissenschaft.* Stuttgart: Klett-Cotta 1993.

SÖHN, GERHART: *Die stille Revolution der Weiber. Frauen der Aufklärung und Romantik. 30 Portraits.* Leipzig: Reclam 2003.

SONNET, MARTINE: Mädchenerziehung. In: DUBY, GEORGES & MICHEL-LE PERROT: *Geschichte der Frauen, Bd. 3, Frühe Neuzeit.* Frankfurt an Main: Fischer 1997, S. 130.

STEINBRÜGGE, LISELOTTE: Die Aufteilung des Menschen. In: BREHMER, IL-SE; JACOBI-DITTRICH, JULIANE; KLEINAU, ELKE & ANNETTE KUHN (Hg.): *Frauen in der Geschichte IV – „Wissen heisst leben".* Düsseldorf: Schwann (Beiträge zur Bildungsgeschichte von Frauen im 18. und 19. Jh.) 1983, S. 44.

STEINWEHR, WOLF BALTHASAR: *Der Frau Marquisinn von Chastellet Naturlehre an ihren Sohn.* Halle, Leipzig: Renger 1743.

SUISKY, DIETER: *Émilie du Châtelet und Leonhard Euler über die Rolle von Hypothesen. Zur Nach-Newtonschen Entwicklung der Methodologie.* Berlin: Max-Planck-Institut für Wissenschaftsgeschichte 2014.

SWABY, RACHEL: *Headstrong. 52 Women who changed Science and the World.* New York: Broadway Books 2015.

VAILLOT, RENÉ: *Madame du Châtelet.* Paris: Michel 1978.

VOSS, JÜRGEN: Die Akademien als Organisationsträger der Wissenschaften im 18. Jahrhundert. In: *Historische Zeitschrift,* Band 231. München: De Gruyter 1980.

WADE, IRA: *Voltaire and Madame du Châtelet.* Princeton: Princeton University Press 1941.

WADE, IRA O.: *Studies on Voltaire.* Princeton: Princeton University Press 1947.

WEHINGER, BRUNHILDE: Auf dem „Marktplatz der Ideen". Übersetzerinnen im 18. Jahrhundert. In: WEHINGER, BRUNHILDE & HILARY BROWN (Hg.): *Übersetzungskultur im 18. Jahrhundert. Übersetzerinnen in Deutschland, Frankreich und der Schweiz.* Saarbrücken: Wehrhahn 2008, S. 7–13.

WETZEL, NADINE: Newton und Leibniz in Frankreich. Émilie du Châtelet Korrespondenz über nationale Grenzen der „République des Lettres". In: SCHNEIDER, ULRICH JOHANNES (Hg.): *Kulturen des Wissens im 18. Jahrhundert.* Beiträge zur Jahrestagung der Deutschen Gesellschaft für die Erforschung des 18. Jahrhunderts, Herbst 2006. Berlin: De Gruyter 2008, S. 155–157.

WINTER, URSULA: Vom Salon zur Akademie. Émilie du Châtelet und der Transfer naturwissenschaftlicher und philosophischer Paradigmen innerhalb der europäischen Gelehrtenrepublik des 18. Jahrhunderts. In: STED-

MAN, GESA & MARGARETE ZIMMERMANN (Hg.): *Höfe – Salons – Akademien. Kulturtransfer und Gender im Europa der Frühen Neuzeit.* Hildesheim: Olms 2007, S. 293–299.

WINTER, URSULA: Übersetzungsdiskurse der französischen Aufklärung. Die Newton-Übersetzung von Émilie du Châtelet (1706–1749). In: WEHINGER, BRUNHILDE & HILARY BROWN (Hg.): *Übersetzungskultur im 18. Jahrhundert. Übersetzerinnen in Deutschland, Frankreich und der Schweiz.* Saarbrücken: Wehrhahn 2008, S. 21–26.

WINTER, URSULA: Diderot und Leibniz, Aspekte der Leibniz-Rezeption in der Naturphilosophie der französischen Aufklärung". In: POSER, HANS (Hg.): *Nihil sine ratione, VII. Internationaler Leibniz-Kongress.* Hannover: Gottfried-Wilhelm-Leibniz-Gesellschaft 2001, S. 1377–1384.

YATES, FRANCES: *The French Academies of the Sixteenth Century.* London: Routledge 1947.

WOLFSCHMIDT, GUDRUN: „Per aspera ad astra" – Frauen in der Astronomie. In: PITZEN, MARIANNE UND ULRIKE TSCHERNER-BERTOLDI (Hg.): *Astronominnen – Frauen, die nach den Sternen greifen.* Bonn: Frauenmuseum (Publikation Nr. 134) 2010, S. 13–27.

ZINSSER, JUDITH P.: *Émilie du Châtelet. Daring genius of the enlightenment.* New York: Penguin Books 2006.

Nuncius Hamburgensis
Beiträge zur Geschichte der Naturwissenschaften

Norderstedt: Books on Demand (nur Bd. 2, 6, 7, 8, 10, 11, 14 und 15)

Hamburg: tredition Verlag **tredition®** (alle anderen Bände).

Hg. von Gudrun Wolfschmidt,
Zentrum für Geschichte der Naturwissenschaft und Technik, Hamburger
Sternwarte, Fachbereich Physik, Fakultät für Mathematik, Informatik und
Naturwissenschaften (MIN), Universität Hamburg – ISSN 1610-6164

Diese Reihe „Nuncius Hamburgensis" wird gefördert von
der Hans Schimank-Gedächtnisstiftung. Dieser Titel wurde inspiriert
von „Sidereus Nuncius" und von „Wandsbeker Bote".

http://www.hs.uni-hamburg.de/DE/GNT/research/nuncius.php

- Band 1 (2009):
  Hans Schimank (1888–1979) Ausgewählte Schriften.
  Mit einem Beitrag ‚Hans Schimanks Otto von Guericke' von Fritz Krafft.
  Bearbeitet von Timo Engels und Igor Abdrakhmanov.
- Band 2 (2007):
  Wolfschmidt, Gudrun (Hg.): *Hamburgs Geschichte einmal anders –*
  Entwicklung der Naturwissenschaften, Medizin und Technik – Teil 1.
- Band 3 (2010):
  Wolfschmidt, Gudrun (Hg.): *Astronomie in Nürnberg.*
  Proceedings der Tagung vom 2.–3. April 2005 in Nürnberg anläßlich
  des 500. Todestages von Bernhard Walther (1430–1504)
  und des 300. Todestages von Georg Christoph Eimmart (1638–1705).
- Band 4 (2011):
  Wolfschmidt, Gudrun (Hg.): *Entwicklung der Theoretischen Astrophysik.*
  Proceedings des Kolloquiums des Arbeitskreises Astronomiegeschichte
  in der Astronomischen Gesellschaft am 26. September 2005 in Köln.
- Band 5 (2019):
  Wolfschmidt, Gudrun (Hg.): *400 Jahre Physik in Hamburg*
  vom Akademischen Gymnasium über das Staatsinstitut zur Universität.
- Band 6 (2007): Wolfschmidt, Gudrun (Hg.):
  Von Hertz zum Handy – Entwicklung der Kommunikation. Begleitbuch
  zur Ausstellung zum 150. Geburtstag von Heinrich Hertz (1857–1894).

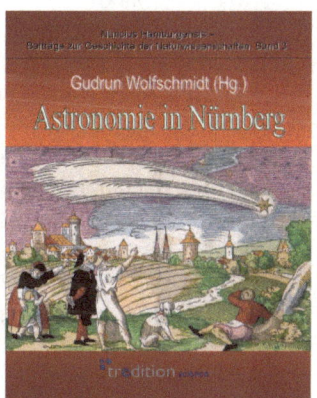

- Band 7 (2009):
  Wolfschmidt, Gudrun (Hg.): *Hamburgs Geschichte einmal anders –
  Entwicklung der Naturwissenschaften, Medizin und Technik, Teil 2.*
- Band 8 (2008): Wolfschmidt, Gudrun (Hg.):
  Prähistorische Astronomie und Ethnoastronomie.
  Proceedings des Kolloquiums des Arbeitskreises Astronomiegeschichte
  in der Astronomischen Gesellschaft am 24. September 2007 in Würzburg.
- Band 9 (2018):
  Wolfschmidt, Gudrun (Hg.):
  Genese der Astrophysik.
- Band 10 (2008): Wolfschmidt, Gudrun (ed.):
  Heinrich Hertz (1857–1894) and the Development of Communication.
  Proceedings of the International Symposium in Hamburg, Oct., 8–12, 2007.
- Band 11 (2008):
  Wolfschmidt, Gudrun (Hg.): *Astronomisches Mäzenatentum.*
  Proceedings des Symposiums in der Kuffner-Sternwarte in Wien,
  „Astronomisches Mäzenatentum in Europa", 7.–9. Oktober 2004.
- Band 12 (2018): Wolfschmidt, Gudrun (Hg.):
  Astronomie in neuen Wellenlängen – Astronomy in New Wavelength.
  Proceedings des Kolloquiums des Arbeitskreises Astronomiegeschichte
  in der Astronomischen Gesellschaft am 24. September 2007 in Würzburg.
- Band 13 (2018):
  Cura, Katrin: *Alchemie im Deutschen Museum.*
  Bearbeitet von Gudrun Wolfschmidt.
- Band 14 (2008): Wolfschmidt, Gudrun (Hg.):
  „Navigare necesse est"' – Geschichte der Navigation.
  Begleitbuch zur Ausstellung 2008/09 in Hamburg und Nürnberg.
- Band 15 (2009): Wolfschmidt, Gudrun:
  „Sterne weisen den Weg" – Geschichte der Navigation.
  Katalog zur Ausstellung 2008/10 in Hamburg und Nürnberg.
- Band 16 (2012): Wolfschmidt, Gudrun (Hg.):
  *Simon Marius, der fränkische Galilei,
  und die Entwicklung des astronomischen Weltbildes.*
- Band 17 (2018):
  Cura, Katrin: *Auf den Leim gehen – Geschichte der Klebstoffe.*
  Hg. von Gudrun Wolfschmidt.
- Band 18 (2011):
  Wolfschmidt, Gudrun (Hg.): *Farben in Kulturgeschichte und
  Naturwissenschaft. Begleitbuch zur Ausstellung in Hamburg 2010.*
- Band 19 (2011): Andre Koch Torres Assis und Karl Heinrich Wiederkehr
  und Gudrun Wolfschmidt: *Weber's Planetary Model of the Atom.*

- Band 20 (2011):
  Wolfschmidt, Gudrun (Hg.): *Hamburgs Geschichte einmal anders –*
  Entwicklung der Naturwissenschaften, Medizin und Technik, Teil 3.
- Band 21 (2017):
  Wolfschmidt, Gudrun (Hg.): *Vom Abakus zum Computer –*
  Geschichte der Rechentechnik. Begleitbuch zur Ausstellung 2015–2018.
- Band 22 (2011):
  Wolfschmidt, Gudrun (ed.): *Colours in Culture and Science.*
  200 Years Goethe's Colour Theory. Proceedings of the
  Interdisciplinary Symposium in Hamburg, October 12–15, 2010.
- Band 23 (2018):
  Wolfgang Lange: *Edition des Briefwechsels von Carl Friedrich Gauß*
  (1777–1855) und Johann Friedrich Benzenberg (1777–1846).
  Hg. von Gudrun Wolfschmidt.
- Band 24 (2014):
  Wolfschmidt, Gudrun (Hg.):
  Kometen, Sterne, Galaxien – Astronomie in der Hamburger Sternwarte.
  Zum 100jährigen Jubiläum der Hamburger Sternwarte in Bergedorf.
- Band 25 (2016):
  Wolfschmidt, Gudrun (Hg.): *Wissen aus 400 Jahre Chemie in Hamburg.*
  Hamburgs Geschichte einmal anders – Entwicklung der
  Naturwissenschaften, Medizin und Technik, Teil 4.
- Band 26 (2018):
  Eike-Christian Harden: *Concordia Res Parvae Crescunt –*
  Fortschritte in Naturwissenschaft und Technik
  im Goldenen Zeitalter der Niederlande. Hg. von Gudrun Wolfschmidt.
- Band 27 (2014):
  Susanne M. Hoffmann: *lingua sine limitibus – Analysen zur Sprache der Bilder*
  und Bildsprachen, insbesondere zur Kommunikation von Fachinformationen.
  Sprachen der Populärdidaktik mit zwei- bis vierdimensionalen Medien
  an Beispielen der Astronomie. Hg. von Gudrun Wolfschmidt.
- Band 28 (2014):
  Wolfschmidt, Gudrun (Hg.): *Der Himmel über Tübingen.*
  Barocksternwarten – Landesvermessung – Astrophysik. Proceedings
  der Tagung des Arbeitskreises Astronomiegeschichte in der AG 2013.
- Band 29 (2013): Wolfschmidt, G. (Hg.):
  Sonne, Mond und Sterne – Meilensteine der Astronomiegeschichte.
  Zum 100jährigen Jubiläum der Hamburger Sternwarte in Bergedorf.
- Band 30 (2018):
  Hans G. Beck: *Astrobecks Sternzeiten. Aus dem Leben des Industrie-Astronomen*
  Hans G. Beck. Festschrift zu Ehren von Alfred Jensch und Rolf Riekher.
  Bearbeitet und herausgegeben von Gudrun Wolfschmidt.

- Band 31 (2015):
  Wolfschmidt, Gudrun (Hg.): Astronomie in Franken.
  Von den Anfängen bis zur modernen Astrophysik –
  125 Jahre Dr. Karl Remeis-Sternwarte Bamberg (1889). Proceedings
  der Tagung des Arbeitskreises Astronomiegeschichte in der AG 2014.
- Band 32 (2018):
  Wolfschmidt, Gudrun und Klaus-Dieter Herbst (Hg.):
  Astronomie und Astrologie im Kontext von Religionen. Proceedings
  der Tagung des Arbeitskreises Astronomiegeschichte in der AG 2017.
- Band 33 (2016):
  Wolfschmidt, G. (ed.): Enhancing University Heritage-Based Research.
  Proceedings of the XV Universeum Network Meeting, Hamburg, 2014.
- Band 34 (2018):
  Ewering, Christoph: Bürgerliches Sammeln im 19. Jahrhundert.
  Das Museum Godeffroy. Hg. von Gudrun Wolfschmidt.
- Band 35 (2018):
  Wolfschmidt, Gudrun (Hg.): Baudenkmäler des Himmels
  – Astronomie in gebautem Raum und gestalteter Landschaft.
  Proceedings der Tagung der Gesellschaft für Archäoastronomie 2014.
- Band 36 (2017):
  Wolfschmidt, Gudrun (ed.): Festschrift – Proceedings of the
  Christoph J. Scriba Memorial Meeting – History of Mathematics.
- Band 37 (2018):
  Wolfschmidt, Gudrun (Hg.): 60 Jahre Observatorium Hoher List.
  Sechs Jahrzehnte astronomische Beobachtung in der Eifel.
- Band 38 (2017): Wolfschmidt, Gudrun (Hg.):
  Astronomie im Ostseeraum – Astronomy in the Baltic. Proceedings
  der Tagung des Arbeitskreises Astronomiegeschichte in der AG 2015.
- Band 39 (2015):
  Pfitzner, Elvira: Vom Jakobsstab zur Spektralanalyse – Astronomie
  an der Rostocker Universität. Bearb. und hg. von Gudrun Wolfschmidt.
- Band 40 (2015): Kost, Jürgen:
  Wissenschaftlicher Instrumentenbau der Firma Merz
  in München (1838–1932). Bearb. und hg. von Gudrun Wolfschmidt.
- Band 41 (2017): Wolfschmidt, Gudrun (Hg.):
  Popularisierung der Astronomie. Proceedings der Tagung
  des Arbeitskreises Astronomiegeschichte in der AG 2016.
- Band 42 (2018): Wolfschmidt, Gudrun (Hg.):
  Orientierung, Navigation und Zeitbestimmung –
  Wie der Himmel den Lebensraum des Menschen prägt.
  Tagung der Gesellschaft für Archäoastronomie in Hamburg 2017.

- Band 43 (2017): Carlotta Martini:
  Zwei Frauenleben für die Wissenschaft im 18. Jahrhundert.
  Eine vergleichende Fallstudie zu Émilie du Châtelet und Maria Gaetana Agnesi.
  Bearbeitet und herausgegeben von Gudrun Wolfschmidt.

- Band 44 (2018):
  ....

- Band 45 (2019):
  Wolfschmidt, Gudrun (Hg.): Hamburgs Geschichte einmal anders –
  Entwicklung der Naturwissenschaften, Medizin und Technik, Teil 5.

  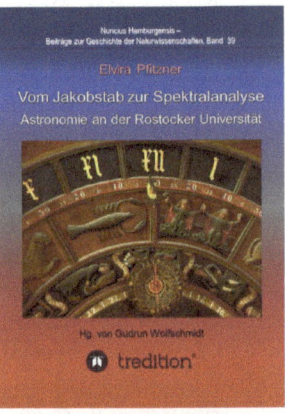

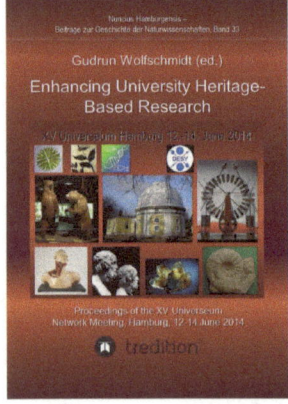  

Personenregister

Abbildung 13.1:
Eliza Haywoods (1693–1756) *Female Spectator* (1744/46)
(Wikipedia)

Zeitfracht Medien GmbH
Ferdinand-Jühlke-Straße 7
99095 Erfurt, Deutschland
produktsicherheit@kolibri360.de